アンエンド
確定死刑囚捜査班

木崎ちあき

JN066677

宝島社
文庫

宝島社

［目次］

【主な登場人物】

確定死刑囚捜査班メンバー

小津　勇（おづ・いさむ）——警視、警視庁刑事部確定死刑囚捜査班・班長。

碓氷椿姫（うすい・つばき）——警部、有名企業の令嬢。

西　颯太（にし・そうた）——巡査部長、元サイバー犯罪対策課。

横田陸也（よこた・りくや）——警部補、元軍人。

柏木祐輔（かしわぎ・ゆうすけ）——警部、元マル暴。

香月真知子（こうづき・まちこ）——警視庁刑事部長。

織部　保（おりべ・たもつ）——小津の元相棒。

死刑は刑事施設内において絞首して執行する

刑法第十一条

第一話

金子晃斗死刑確定囚

（一九九九年　世田谷区ストーカー殺人事件）


「事件の終わりって、いつだと思う？」

上司からの唐突な質問に、小津勇《おづいさむ》は眉をひそめた。

一切の説明もなく自室に呼び出しておいて、いきなり何を言い出すのやら。そろそ剃《そ》ろうと思いつつ忘れていた口周りの髭《ひげ》を摩《さす》りながら、小津は上司の顔をまじまじと見つめた。向かい側に座る杉原敬一《すぎはらけいいち》は涼しい顔で茶を啜《すす》っている。第五機動隊の長を務める警視正であり、今年で五十八歳。年齢も階級も小津より一つ上である。

「犯人が逮捕された時なのか、起訴されて有罪が確定した時なのか。はたまた、刑が執行された時なのか。どのタイミングを以《もっ》て、終わりだと言えるんだろうなぁ」

「哲学の話ですか？」

「お前の異動先の話だよ」

「えっ」思わず声をあげる。「異動するんですか、俺」

定年まであと数年。このまま機動隊会計係の係長という閑職《かんしょく》に居座り、残された時間を適当に過ごすつもりでいたというのに。ここへ来て異動の話が出るとは思いもしなかった。

身を乗り出し、尋ねる。「どこに？」

「本庁だ。一応、捜一《そういち》の預かりになる」

「いやいやいや」

小津は失笑しながら掌《てのひら》を振った。どうしてこの歳《とし》になって警視庁の、それも捜査一課という激務に戻らなければならないのだ。

「冗談きついですって。捜一だって、今更こんな年寄り欲しくないでしょう」

冗談のつもりは毛頭ないようで、上司は至極真面目《まじめ》な表情で告げた。「転属先は、警視庁捜査一課の確定死刑囚捜査班だ」

「そんな班ありましたっけ？」

「なかった。今日までは」杉原が湯《ゆ》呑みを置き、渋い顔で尋ねる。「蛭岡《ひるおか》事件を知ってるだろ？」

「そりゃあ、もちろん。知らない奴はいないでしょうよ」

蛭岡事件というのは、昭和五十五年に岐阜《ぎふ》の集落で発生した強盗殺人事件のことである。被疑者とされた蛭岡和義《かずよし》は当時二十五歳。自宅から三軒隣にある知人宅に侵入して金品を漁《あさ》っていたところ、帰宅した家主らに目撃され、口封じのために刃物で殺害した。

警察は当時、強盗の前科のある蛭岡を真っ先に疑った。家宅捜索の結果、血の付いた凶器が蛭岡の自宅から発見され、逮捕に踏み切った。取調べの際は一貫して無罪を主張していた蛭岡だったが、最終的には容疑を認めている。金銭目当てで二人の命を奪うという身勝手な犯行に対し、最高裁は死刑判決を下した。そして逮捕から約四十年後、遂に刑が執行された。

事態が一変したのは、その半年後のことだった。

真犯人が名乗り出たのだ。

蛭岡の死刑執行のニュースを知り、良心の呵責《かしゃく》に耐えられなくなって自首したと供述したその老人は、事件当時、蛭岡の二軒隣の家に住んでいた大学生であり、捜査中に彼の名前が挙がった記録は一切なかった。

当然、この蛭岡事件は世間に大きな動揺と、警察や司法への強い不信感を生み出すこととなった。前科のある蛭岡の犯行だと決めてかかった見込み捜査と、自白を強要する暴力的な取調べに対し、世間からの批判は免《まぬが》れなかった。マスコミはこぞって過去の事件を引っ張り出してきて、連日のように『冤罪《えんざい》事件特集』を報道し、死刑廃止論者はここぞとばかりに大きな声をあげるようになった。

「去年散々叩《たた》かれましたからねえ。まあ、大昔のこととはいえ、無実の人間を処刑しちまったんだから、無理もないですけど」

警察庁長官を筆頭に、次長や局長、岐阜県警本部長まで、警察上層部が勢揃《せいぞろ》いで頭を下げた記者会見の様子は未《いま》だ記憶に新しい。

昔は杜撰《ずさん》な捜査も多く、現在ほど科学技術も発達していなかった。今更数十年も前のことを持ち出されてもと思わないでもないが、人が一人死んでいる以上さすがに看過できない。

「そのバッシングを受けてな、試験的な取り組みとして、捜査一課内に新たなチームを発足させることになったわけだ」と、杉原が説明する。「二度とこんなことが起きないよう、再発防止のために過去の死刑囚事件をもう一度洗い直す――確定死刑囚捜査班ってのは、そういう部署なんだよ」

「ちゃんと対策を始めたのでこれ以上叩かないでくださいっていう、世間へのアピールですか」

小津は肩を竦《すく》めた。単なる外部へのポーズのために用意された急造チームというわけか。その程度のことで警察史上稀《まれ》にみるこの大炎上が許されるはずもないが、何もやらないよりかはマシなのかもしれない。

「お前に、その班を率いてもらう」

「えー……」小津は露骨に嫌な顔をした。「なんで俺が」

「香月《こうづき》刑事部長がお前を推薦したらしい。昔の事件に詳しいベテランが必要なんださ」

その名前に、軽く舌打ちをする。「あいつ、余計なことを……」

「部長とは知り合いか？」

「ええ。昔、世話になった先輩の娘さんなんです。彼女が小さい頃、たまに面倒を見てやっていたので」

警視庁刑事部を取り仕切る香月真知子《まちこ》とは旧知の仲だ。彼女は小津より一回り年下だが、階級はすでに警視長まで登り詰めている。小津はもちろん、当時ノンキャリの叩き上げ刑事だった彼女の父親をも、とっくに追い抜いてしまった。

「たしかにお前、記憶力がいいからこの仕事向いてるんじゃないか？　よく覚えてるだろ、昔のこと」

「そうですね」小津は頷《うなず》いた。「まだ杉原さんが現場の刑事だった頃、若い女と不倫して、俺がそのアリバイ工作に協力してあげたことも、しっかり覚えてます」

杉原の妻に問い詰められた際、その日は俺と一緒に夜通し張り込みをしていた、と小津は嘘《うそ》の証言をした。実際のところ、杉原と愛人は二人でホテルに行き、小津は独り署で書類仕事を片付けていた。完全な偽証罪《ぎしようざい》だが、先輩の命令には逆らえないのが刑事という生き物である。

「それは今すぐ忘れろ」杉原は咳払《せきばら》いをした。「ともかく、明日付けで異動してもらうからな」

明日からとは随分と急な話である。小津は些細《ささい》な抵抗を試みた。「いきなり俺がいなくなったら、会計係のみんなが困るんじゃないかなぁ」

「部下から苦情が出てるらしいぞ。小津係長は仕事してるフリして毎日ソリティアで遊んでるって」

返す言葉もない。今度は小津が咳払いをした。

「どうせ定年まで適当に過ごすつもりなんだろ？　だったら、どこにいても同じじゃないか」

「俺もう五十七ですよ？　事件を捜査する気力も体力も残ってないですって」

「毎日書類に判子押すだけの生活じゃ、そのうちボケるぞ。たまには脳に刺激を入れた方がいい」

「この歳になると、新しい環境に飛び込むほうがしんどくないです？　このまま定年までずっと、ぬるま湯に浸《つ》かっていたいんだけどなぁ」

「落ちぶれたもんだな、次期捜査一課長候補とまで言われたお前が」

「杉原さんこそよく覚えてますね、そんな昔のこと」

小津が捜一にいたのは十年も前のことだ。刑事としての魂はとっくに死んでしまっている。今更本庁の捜査員として復帰するなんて、どうにも気が進まない。

そもそも、すでに終わった事件を調べ直して一体何になるというのだろうか。小津にはそれが無駄なことに思えてならなかった。過去を掘り返すような真似をするのだから、同じ警察や検察から疎《うと》まれることは目に見えている。おまけに、被害者遺族に事件のことを無理やり思い出させ、再び心の傷を抉《えぐ》ることにもなる。誰も幸せにならない仕事だ。そんな部署、行きたがる奴なんていないだろう。

とはいえ、上の命令は絶対である。それが警察組織というものだ。はいはいわかりましたよ、と小津は渋々承諾した。

「それで、他の面子《メンツ》は？」

「今のところ配属が決まってるのは三名だ。一人目は、碓氷椿姫《うすいつばき》警部」

小津は顎髭《あごひげ》を摩りながら首を捻《ひね》った。「碓氷椿姫……どっかで聞いたことあるような」

「そりゃ聞いたことあるさ。なんたって、警視庁のお、お、お、お嬢様だからな」

「お嬢様？」

「NAC生命ってあるだろ、保険会社の」

「ああ、あの『保険はNACで心配ナック♪』ってやつ？」

テレビCMでよく耳にするフレーズを口ずさむと、杉原は「そう、それそれ」と頷いた。

「碓氷警部は、そのグループ会社の会長のお孫さんなんだよ」

どんな反応をするべきかわからず、小津は「ほえー」と間の抜けた声をあげた。

「そんな大企業の御令嬢が、どうして警察なんかに……」

それも、確定死刑囚捜査班などという不祥事の尻拭い部署に。

「理由は知らんが、くれぐれも失礼のないようにしろよ。碓氷グループは天下り先リストのトップ5だ。セクハラでもしたらクビが飛ぶどころか、ムショにブチ込まれるぞ。会長の次女の婿、矯正局のお偉いさんだから」

という杉原の脅しに、とんでもない一族だなと小津は震えた。

日本の官僚の天下り先で最も多いのが保険業界と言われている。その中でもNAC生命グループは、他にもNAC警備保障やNACスタッフサービスなど関連会社も多く、毎年相当な数の退官者を受け入れているらしい。現在は、法務省からだけでも元警察署長、元矯正局長、元防衛審議官といった面々が外部顧問《こもん》のポジションに就いているという。

そんな大企業の令嬢ともあれば、警察上層部もかなり気を遣っているはずだ。この歳になってまで部下にへこへこしないといけないのかよ、と小津は若干の憂鬱《ゆううつ》を覚えた。

「癖の強い連中が集まってるから大変だろうが、しっかり指導してやってくれ。若い奴らに残してやれる、最後の仕事だと思って」

簡単に言ってくれる。小津は唇を尖《とが》らせ、小声でぼやいた。「……俺が若い奴育てるの下手だって、知ってるくせに」

目の前に聳《そび》え立つ桜田門《さくらだもん》を見上げ、小津は深い溜息《ためいき》を吐《つ》いた。十年前の、あの男との思い出が染み付いたこの建物は、いつも否応《いやおう》なしに過去の過ちを呼び起こし、自身の罪を責め苛《さいな》む。どの面下げて来やがったと罵られているように思えてならないが、俺だって来たくて来たわけじゃないと心の中で言い訳することしかできなかった。

苦い記憶を振り払いながら、小津は庁舎へと足を踏み入れた。鬱々とした気分でエレベーターに乗り込み、捜査一課のある六階ではなく、地下一階のボタンを押す。文書課や用度課と同じフロアにある空き部屋が、確定死刑囚捜査班の仕事場だと聞いている。

地下一階に到着し、長い廊下を進んでいくと、それらしき部屋が見つかった。元々は資料保管庫だった場所に無理やり執務机を押し込んだようで、部屋の半分は段ボール箱の並ぶ棚に占領されている。

黴臭《かびくさ》さの残るその部屋には先客がいた。若い女だ。彫りが深く、派手な顔立ちをしている。きりっとした眉毛に鋭さのある切れ長の吊《つ》り目。こちらに気付き、彼女は席を立った。その拍子に、ポニーテールの長い黒髪が大きく揺れる。

「小津警視でいらっしゃいますか」

背筋を伸ばして小津に向き直る。履いているパンプスのヒールは低いが、身長が高く、目線は小津とほぼ同じくらいだ。まるでモデルのようにスタイルがよく、細身のパンツスーツがよく似合っている。

「本日付けで確定死刑囚捜査班に配属になりました、碓氷椿姫です。よろしくお願いいたします」

ハキハキとした、そして愛想の欠片《かけら》もない挨拶だった。

彼女が噂《うわさ》の御令嬢か。家柄の良さを感じさせる気品と聡明《そうめい》さを併せ持った、気の強そうな美人。そんな印象を覚えた。

「班長の小津です、よろしく」軽く挨拶を交わし、自分の席に座る。「全員揃うまで好きなこととしてていいよ」

「他に何名来るんですか」

女性にしては低めの声と素っ気ない態度のせいか、碓氷はどこか不機嫌そうに見えた。今日が初対面だが、もうすでに嫌われているのではと不安が過《よぎ》ってしまう。まだ失礼なことはしていないはずなのだが。

やはり彼女も、今回の配置に納得していないのだろうか。

碓氷椿姫。今年二十七の若手にして、階級は既に警部。所轄の強行犯係から早々に捜査一課に引き抜かれた逸材だと、人事資料に記載されていた。キャリア街道まっしぐら、それも華麗なる一族の令嬢ともあろう者が、花形部署からいきなりこんな地下の僻地《へきち》に飛ばされたら、そりゃあ不貞腐《ふてくさ》れたくもなるだろう。気の毒に思うところはある。

「あと二人来る予定」

答えると、碓氷は不服そうに眉をひそめた。「百人規模で捜査していた凶悪事件を、たった四人で再捜査するんですか」

「そう。まあ、大丈夫じゃない？　特命係だって二人しかいないし」

「特命係？　どこの部署ですか」

「……何でもない、忘れて」

通じんかぁ、と心の中で呟《つぶや》く。財閥令嬢は庶民の娯楽であるテレビドラマなど観ないのかもしれない。

さっそく机の上のパソコンを立ち上げ、端末にログインする。暇潰しにソリティアの画面を開いた。マウスを動かして適当にトランプを移動させていたところ、不意にドンッという音がして、スチール机が小さく揺れた。

驚いて視線を向けると、大量の本が自身の机の上に置かれていた。

「小津班長」

碓氷の仕業だった。むすっとした顔でこちらを見下ろしている。

「捜査に役立ちそうな文献を集めておきました」

「えっ……ああ、ありがとね」

積み上げられた本の山に圧倒されてしまう。新書や文庫、単行本など、ざっと数えて二、三十冊はありそうだ。『昭和・平成の犯罪史』『死刑囚の素顔』『日本の死刑制度の闇』など、背表紙には物騒な題名が並んでいる。

この日のためにわざわざ購入したのだろうか。さすがは大企業の御令嬢、金の使い方が違う。

「これ全部、自前？　言ってくれれば経費で落としたのに」

「いえ。前から自宅にあったものを持ってきただけです」

「あ、そう……」

今回の配属にあたって予習していたのか。不貞腐れてはいるが、やる気がないわけではないらしい。最近の若者の心は難しいなと思う。

その一時間後、二人目の捜査員がオフィスに現れた。長めの前髪を真ん中で分けた髪型で、いかにも今時の青年という雰囲気の若者だ。彼はニコニコというよりヘラヘラと笑いながら名乗った。

「今日からお世話になります、西颯太《にしそうた》です。好きなタイプはショートカットで童顔の子で、推しは地下アイドルの園寺胡桃《そのでらくるみ》ちゃんです。趣味はゲーム制作で、特に一人称視点のホラーゲームを――」

「いや、合コンの自己紹介じゃないんだから……」

西颯太。二十五歳。階級は巡査部長。元は本庁のサイバー犯罪対策課所属で、情報分析官としての技術は優秀だが、勤務態度は怠惰で上からの評判はすこぶる悪い。おまけに副業で収入を得ていたことがつい最近発覚し、三か月の減給処分を食らっている。

そんな自身の不祥事について、西は悪びれる素振りも反省した様子もなく、あっけらかんと語った。

「ゲーム作って販売して副収入にしてたんですけど、すぐバレちゃって。マイナンバーカードって意外と仕事してんですねえ」

碓氷が無言で眉をひそめている。

ここは上席として注意の一つでもしておくべきなのだろうが、小津にはあまり強く言えない事情があった。「まあ、俺も昔、懲戒処分食らったことあるから、人のこと言えないけど」

「へー、小津さん何やらかしたんです？」

「取調べ中に被疑者を殴っちゃってね」

西は「時代だなぁ」と嗤《わら》った。

「でも、なんで副業なんかしたの」

「決まってるでしょ、推しのアイドルに投げ銭するためですよ」

「投げ銭？」

小津の頭の中に、ステージ上のアイドルに向かって小銭を投げつける西の姿が浮かんだが、今の時代そういうことではないらしい。

「ネットのライブ配信における、チップみたいなものです」

「へえ、そんなのあるんだ」

「小津さんもチャンネル登録してくださいよ。地下アイドルの『湘南純情組！』っていうグループなんですけど」

「ヤンキー漫画みたいな名前だな……」

西は自身のデスク周りに件《くだん》のアイドルのグッズを飾り始めた。こらこら自分の部屋じゃないんだからと注意はしたのだが、まったく聞く耳を持たない。「この方が仕事のモチベが上がるんで」と尤《もっと》もらしい言い訳をされてしまったので、もう好きにさせておくことにした。

園寺胡桃の全身写真がプリントされた透明の板――西曰《いわ》く、アクリルスタンドというらしい――を手に取って眺めながら、小津は尋ねた。「この子、いくつなの？」

「十四歳です」

「えー、子供じゃん……」

「だからいいんじゃないですかぁ」

という西の一言に、碓氷の顔が明らかに引いている。気持ちはわかるぞ、と小津は無言で頷いた。

それからお互いに会話はなく、各々が好きなように過ごしていた。碓氷は文献に目を通し、西はぶつぶつ呟きながらパソコン周りを弄《いじ》っている。端末が最新型でないことが不満のようだ。

その三十分後、今度は大柄な男が現れた。頭は刈り上げの短髪で、がっしりとした筋肉質な体格をしている。

「横田《よこた》っす。よろしくっす」

口数の少ない男だった。

彼は横田陸也《りくや》。三十二歳の警部補である。元は警備部ＳＡＴ所属で、過去にはフランス外人部隊に五年半在籍したという異例の経歴を持つ。腕っぷしは強いが、どうやら気性が荒いらしいとの悪評を聞いている。何でも数か月前、先輩隊員三名と口論の末に喧嘩《けんか》になり、全員を病院送りにしたらしい。そして停職処分を受け、ここに流れ着いたというわけだ。これまたとんでもない奴が来たなぁ、と小津は心の中で苦笑した。

警視庁の懲戒処分者数は毎年二百人を超えている。警官の不祥事は珍しい話ではないが、その大半が依願退職ルートだ。どうやら確定死刑囚捜査班というのは、問題児の流刑地という役割も担っているらしい。クビにしたくてもできないような、始末に困る人員の倉庫としてはうってつけなのかもしれない。

全員揃ったところだが、定時が近かった。扱う事件柄、急を要するものがあるわけでもない。上に怒られない範囲で、適当に働いているふりをしていればいいだろうと小津は気楽に考えていた。本格的な捜査は関係書類が届いてから始めることにして、今日はこのまま退庁することになった。

「ねえ、みんなで飲みにいかない？　親睦会ってことでさ」

帰り支度《じたく》を始めた部下たちに、小津は軽い気持ちで声を掛けてみた。

「それじゃあ、今夜七時に、駅前のあの居酒屋に集合で」

誰も来なかった。

約束の七時を十五分ほど過ぎたが、誰一人として現れる気配がない。居酒屋のテーブル席で独り寂しく呷《あお》る生ビールの味は、いつもよりほろ苦く感じた。

この御時世、無理に誘うのは何かと問題になるだろうと配慮し、「来れる人だけでいいよ」と言い残してはいたのだが、まさか一人も来ないとは思わなかった。お通しの胡瓜《きゅうり》を摘《つま》みながら、自分の若い頃は上からの誘いは絶対だったのになと懐古する。忙しかろうが体調が悪かろうが、上司や先輩から呼び出されたらいつ何処へでもはせ参じる。それが常識だったというのに。

「……時代だなぁ」

西の言葉を借りて溜息を吐く。ジョッキの中身を飲み干したところで、小津はカウンター席へと移動した。このまま独りで呑み続けてもよかったが、こんな惨めな思いをすることになった元凶に一言文句をぶつけてやりたい気分だった。小津は『今すぐ店に来い』と後輩に連絡を入れた。

それから二十分ほどが経《た》った頃、香月真知子は現れた。グレーのジャケットとタイトスカート姿だ。仕事が忙しいのか、前下がりのボブの髪の毛がいつもより少し草臥《くたび》れていた。

香月の階級は警視長。現在は警視庁刑事部の部長を務めており、本来ならばこうして気安く呼びつけていい相手ではないのだが、昔からの知り合いとあって、彼女とは今でも気さくな関係が続いている。

「もしかして俺、お前に嫌われてる？」

隣の席に腰を下ろした香月は、「いきなりどうしたの」と怪訝《けげん》そうな顔をした。

「とんでもないとこに送り込んでくれたね、真知子ちゃん。鍵っ子のくせに鍵なくして家に帰れなくなったとき、俺が助けてやった恩を忘れたんか」

「いつの話をしてるの」香月は苦笑した。「私もう四十五よ」

あの小さかった真知子がもう四十五か。そりゃあ俺も歳を取るはずだ、と心の中で嘆《なげ》く。

「新天地の顔合わせはどうだった？」

「どうもこうもないよ。この通りぼっち親睦会だよ」

「あれだけの問題児をまとめられるのは、勇さんしかいないと思ったんだけどなぁ」

香月は世話になった先輩刑事の娘で、彼女が子供の頃はよく遊んでやっていた。当時は自分のことを『勇兄ちゃん』と呼んでいた香月だが、それが『勇さん』に変わったのは彼女が警察に入庁した頃からだったか。

「適当なこと言っちゃって」小津は世辞を笑い飛ばした。「どうせ消去法でしょ？他に引き受けてくれる奴がいなかったから、暇そうなロートルでも使い捨てようって魂胆なんだろ」

「さすがにお見通しか」

「否定しなさいよ。やる気なくなるでしょうが」小津は溜息を吐いた。「そもそも、なんであんな爆弾が確捜なんかにいるの」

「爆弾？」

「椿姫お嬢様だよ」

香月は「ああ、あの子ね」と軽い調子で返した。

「何でか俺、もう既に嫌われてるみたいなんだけど。今日だって、ただ挨拶しただけなのにすっごい不愛想で、機嫌が悪いみたいでさぁ」

失礼のないようにと釘《くぎ》を刺されたのでそれなりに気を付けるつもりだったが、完全に出端《でばな》を挫《くじ》かれてしまった。

「気にしないで。碓氷は誰にでもあの態度だから」

「そうなの？」

「前は違ったんだけどね。いつも笑顔で、ほんわかしてて、愛嬌《あいきょう》があって。まさに育ちのいいお嬢様って感じの子だった」

「ほんわかの欠片もなかったよ」

派手な顔立ちの美人だが、気が強そうで圧がある。愛想はなく冷たい雰囲気で、お嬢様というより女王様という感じ。碓氷に対する第一印象はそんなところだった。

「顔が可愛《かわい》くて家柄が良いと、いろいろと面倒事も多いから」香月はビールを一口呷ってから、本人に代わって愚痴を連ねた。「交番勤務の時は近所のジジイたちが用もなく押しかけてくるわ、所轄の強行犯係になったら出世目当ての先輩刑事にしつこく交際を迫られるわ。一課に引き抜かれたら、今度は『親の権力で人事に圧力をかけてる』って陰口叩かれたりして」

「あー、そりゃ笑顔も消えるわな」

「ニコニコしてると舐《な》められるからね、女って」

彼女のあの見た目や態度は外部の攻撃から身を守る術《すべ》というわけか。お嬢様も大変だ、と小津は呟いた。

「警察組織って、女の出世を面白く思わない人が多いし。あの子見てると、昔の自分を見てるような気分になるんだよね」

香月が苦笑した。彼女が部長の座まで上り詰めるまでに様々な苦労を経験してきたことは、近くで見てきた小津が最もよく理解している。努力で全てを跳ね返してきた一人娘に、天国の親父さんも誇らしいだろうなと思う。

「時代は変わっていくんだから、古いやり方や風潮は捨てないと。いいとこのお嬢様だからって過保護にする必要はないけど、ハラスメントは厳禁だよ。まあ、彼女に対してだけって話じゃないか」

小津は背筋を伸ばして答えた。「肝に銘じます」

「欲を言えば、あの子がまた笑顔で働けるように、勇さんには面倒見てもらいたいと思ってるんだけど」

「そんなこと言われても、どう接したらいいかわからんって」

刑事として若い連中と仕事をすることすら久々だ。昔とは違うやり方で適切な距離感を摑《つか》まなければならないことが、小津の頭を悩ませていた。

「なんかアドバイスちょうだいよ」

「そうだねえ……とにかく、高圧的な態度は取らないように。容姿についてもあれこれ言わない。出来たことをちゃんと褒めるのも大事。間違いは素直に認めること」

「ちょっと待って、メモする」

「警察手帳に書くようなこと？」

呆《あき》れ顔の香月を、「それから？」と促す。

「相手の好きな物を否定しない。嫌がることを無理にやらせない。教えたがりオジさんにならない」

「……何もできなくない？」

首を捻りながら助言を書き留めていると、

「――ところで」と、香月が不意に話題を変えた。「その確捜のことなんだけど、さっそく調べてもらいたい事件があるの」

ペンを走らせる手を止め、尋ねる。「なに」

「平成十一年、世田谷区《せたがやく》で起きたストーカー殺人事件」

香月は声を落として答えた。

「……あー、あったなぁ、そんな事件」小津も小声で返す。「たしか、ストーカー被害を受けていた女性の家族が殺されたんだよな。ナイフで滅多刺しにされて」

残忍な犯行ではあるが、帳場が立つような事件ではなかったと記憶している。

「この事件を優先的に捜査しろっていう、上からの指示でね」

「それって……犯人の死刑執行が近いってこと？」

香月は「さあ、どうかな」と曖昧に答えるだけだった。

「くれぐれも問題は起こさないでよ。怒られるのは私なんだから」

小津は「それは保証できんなあ」と一笑した。問題児ばかりを送りこんでおいて問題を起こすなというのは、さすがに無理な注文である。

ノストラダムスの大予言が話題となった一九九九年。その年の六月某日《ぼう》、世田谷区玉堤《たまづつみ》にある閑静な住宅街で、惨劇は起こった。

犯人は無職の男・金子《かねこ》晃斗《あきと》（事件当時二十歳）。白昼堂々、元交際相手であるAさん（当時二十歳）宅に侵入し、Aさんの実父（当時四十五歳）と義理の母（当時四十二歳）、その連れ子である義兄（当時二十二歳）の三人をナイフで滅多刺しにして殺害した。Aさんは仕事で不在だった。

犯行後、金子は被害者宅の固定電話から自ら警察に通報している。駆け付けた警察官が見たものは、返り血を浴びた姿でリビングのソファにふんぞり返り、テレビを観ながら寛《くつろ》ぐ金子の姿だった。

「家族が彼女に会わせてくれなかった。邪魔だったから殺した」

警察の取調べにて、金子はAさん一家への強い恨みを示していたという。Aさんから別れを切り出されたが納得がいかず、何度も家に押し掛けていたようだ。Aさん宅周辺を徘徊《はいかい》する金子の姿が、近隣住人によって複数回目撃されている。

Aさんは金子が勤める会社で事務員として働いていた。後述の事情により金子は解雇されたが、交際はその後も続いていた。しかしながら、二人の関係は順調とは言えず、Aさんは時折顔や腕に痣《あざ》をつくっていた。今思えばあれは金子のDVによるものだったのではないかと、当時の彼女の知人は証言している。

金子を知る者は皆、「学生時代から素行が悪く、札付きの悪だった」と口を揃えて語っていた。金子には窃盗《せっとう》の前科があり、少年院に入っていた過去もあった。それが原因で仕事にありつけない日々が続いていた。運よく雇ってもらえたとしても、金子の犯歴はすぐに同僚の間に広まり、居心地の悪さに耐えかねて自ら退職することもあった。

一方、Aさんは真面目で優しく、誰からも好かれる性格だった。そんな正反対の二人の交際は二年ほどで破局を迎え、その一週間後に事件は起こった。解雇され、無職となった金子の心の拠《よ》り所はAさんだけだった。そんな彼女にも遂に見放されてしまったことで、人生に絶望し、自暴自棄になったのかもしれない。

あまりにも身勝手な犯行に、裁判では求刑通りの死刑判決が下された。拘置所に収監後、筆者が取材を申し込んだところ、金子からは断りの手紙が返ってきた。

『後悔はしていません。世間に何と言われようと、僕は正しいことをしたと思っています』――手紙は力強い筆跡で綴《つづ》られた一文で結ばれていた。三人の命を奪った男の心には微塵《みじん》の後悔も反省もなかった。

坂本啓介《さかもとけいすけ》著『昭和・平成の犯罪史』

小津は暇潰しに読んでいた本を閉じた。碓氷が用意した文献の一冊で、内容はフリーのルポライターが死刑囚を取材し、凶悪事件についてまとめたものだ。

デスクの上に本を置き、老眼鏡を外す。小津の視線の先には四つの机が島型に配置されている。向かって左側が横田の席。彼は無言で事件の資料に目を通している。向かって右側は碓氷、その隣は西の席だ。碓氷はホワイトボードに情報をまとめている。

「ストーカー被害に遭っていたのは、大川彩乃《おおかわあやの》さん。当時二十歳」

文献では仮名が使われていたが、ネットを検索すれば被害者の情報なんていくらでも出てくる。プライバシーもへったくれもないよなと心の中で嘆きながら、小津は碓氷の説明に耳を傾けた。

「彩乃さんは高校卒業後、橋田《はしだ》建設工業という会社で事務員として働いていたようです。大川家は父・母・兄の四人家族。父親の大川忠《ただし》と母親の美佐子《みさこ》は再婚で、兄の大輔《だいすけ》は美佐子の連れ子です」

殺害されたのは家族三人で、彩乃本人は無事だった。とはいえ、不幸中の幸いと呼ぶには犠牲が大きすぎる。

「事件が起こったのは平成十一年の六月十日午後二時過ぎ」

「平成十一年かぁ……『だんご3兄弟』が流行《はや》った年だ」小津は呟いた。誰も反応してくれなかった。

「一審で死刑判決が出てるけど、金子本人が弁護士に言って控訴を取り下げたみたいですよ」退屈そうな顔でパソコンを弄っていた西が口を開いた。「再審請求だって一度もしてないって、ネットにも書いてあります」

「それが事実だとしたら、珍しいタイプだな」

現在収監されている死刑確定囚の約七割が再審請求中である。本心で冤罪を訴えている者もいるが、中には死期を延ばすために適当な理由をつけて請求する輩《やから》もいる。こういった実情が、いつまで経っても死刑が執行されない原因の一つであることは言うまでもない。

碓氷が集めた文献や西がネットから掘り出してきた判決文、香月部長から渡された関連資料のおかげで事件の概要はあらかた把握できた。特に問題点は見られず、「金子自身も死刑判決に納得してるってことですよね？　だったら、今さら調べ直す必要ないんじゃないですか」という西の言葉には小津も同感だった。再捜査をしたところで結果は何も変わらないだろう。皆、適当にやってくれたらいい。

「彩乃さんはなぜ、警察に相談しなかったのでしょうか？」ふと碓氷が疑問を口にした。「別れた相手が家の周りを徘徊したり、何度も押しかけたりしていたのなら、身の危険を覚えたはずですが」

「この事件、平成十一年でしょ？　ちょうどストーカーが社会問題になってきた頃だから、まだ規制法もなかったし、相談したところでねえ」

ストーカー規制法が施行されたのは平成十二年十一月。大川家の事件は法整備が進む前に起こっている。仮に警察に相談していたとしても対応は難しかっただろう。民事不介入を理由に取り合ってもらえなかった可能性も高い。

「規制法かぁ」椅子の背もたれに体を預けながら、西が呟く。「僕も推しの家に行くときは、ストーカーに間違われないよう気をつけよ」

家に行くとはどういうことだ。小津は眉を寄せた。「……え、なに？　お前、アイドルにストーカーしてんの？」

「違いますよぉ。聖地巡礼的なニュアンスです。推しの実家を眺めて、『ああ、ここであの子が育ったんだなぁ』って思うだけで。お父様お母様あの子を産んでくださってありがとうございます、って拝むんですよ。神社とかに行くのと同じです」

「全然違うから」碓氷が顔をしかめ、直球の悪口を投げつけた。「キッモ」

「てか、実家の住所どうやって調べたの？」

「え？　普通に。帰省中にＳＮＳに上げてる写真から調べました。背景にいろいろ写り込んでるんで、簡単に特定できますよ」

「こわ……」

小津は身を震わせながら呟いた。碓氷も軽蔑の眼差しで西を睨《にら》んでいる。虫けらを見るような目だった。

一方、横田はといえば、いつの間にやら居眠りをしていた。普段から無口なので気が付かなかった。読んでいた本を盾に、頭を隠すようにして机に突っ伏している。

「学生みたいな寝方すんな」と叩き起こすと、横田は欠伸《あくび》を噛《か》み殺しながら「自分、活字苦手で」と答えた。それは困る。この仕事は活字だらけだ。

「この事件、管轄は玉川西《たまがわにし》警察署か」

小津は記憶を振り返った。新人の頃、初めて配属された場所が世田谷だったこともあり、区内の地図は今でも頭の中に残っている。被害者宅がある地域から玉川西警察署までは、徒歩三十分圏内の距離のはず。

「まずは、詳しい捜査資料の見直しからだな」

昔のこととはいえ、自分たちの仕事にケチを付けられるようなものだ。警察にも検察にも嫌な顔されるだろうなと小津は嘆いた。考えるだけで憂鬱になる。

すると、

「それと、本人に話を聞きましょう」

と、碓氷が提案した。

「本人って？」

「金子死刑囚です」

「面会するってこと？」

わざわざ拘置所まで行くつもりか。何もそこまでしなくても、と小津は面倒に思った。それがしっかり表情に出てしまっていたようで、碓氷は「私が行きますから」とむすっとした顔になった。さっそく支度を始め、フェンディのチェスターコートを羽織る。左手首に巻かれたシャネルの腕時計が今日も眩《まぶ》しく輝いている。

「じゃあ、西。碓氷に付いてってあげて」

「えー、嫌ですよぉ。一時間後にくるみんのライブ配信あるんで」

「仕事しなさいよ」

「くるみんの声をBGMにした方が、仕事が捗《はかど》るんです」

ああ言えばこう言うだな、と呆れながら、反対側の席の男に視線を向ける。「じゃあ横田、お願い」

「自分、口下手なんで。取調べ苦手で」

「……苦手なことが多いな」

溜息を吐き、小津は「じゃあ俺かぁ」と仕方なく重い腰を上げた。

「ちょっくら行ってくるから、後はよろしく」

「二人は検察に行って、資料と証拠品を借りてきてください」

指示を出したのは碓氷だった。これではどちらが班長かわからないな、と小津は苦笑した。


死刑が確定した場合、被告人は刑場のある拘置所に収容され、死刑囚として残りの人生を送ることになる。今現在、日本には百二十名ほどの死刑確定囚がいるが、そのうちの約半数を抱えるのがこの東京拘置所である。一九七一年は巣鴨《すがも》に位置していたが、その後、葛飾《かつしか》区小菅《こすげ》へと移転。二〇一二年に地下二階、地上十二階建ての、約三千人を収容できる巨大施設へと生まれ変わった。

荒川《あらかわ》近くの住宅街に聳え立つその灰色の建物は、五メートル程の外壁に囲まれていた昔とは違い、今は黒いフェンスが設置されているだけのさっぱりとした造りになっている。外から見ただけでは犯罪者を収容する矯正施設とはわからない。近隣住民への配慮か、街の景観を損なわないよう努めているのだろう。

解放感のある外観とは一変し、施設の中はどこか緊張感のある、重苦しい空気が漂っていた。死刑確定囚は家族や弁護人、拘置所の判断によって認められた知人以外と

るようだ。

面会室までの案内を担当した係官からは「くれぐれも死刑を意識させる発言は控えてくれ」との注意を受けた。刑の執行に対し、精神的にナーバスになっている死刑囚も多く、彼らは朝を迎える度に怯《おび》えているそうだ。今日こそ自分の番が来るのではないか、と。

「なんでこっちが犯罪者に気を遣ってやらないかんのかねえ」

三番の面会室で死刑囚を待ちながら、小津はぼやいた。そもそも、死刑になるような真似をしたのは自分なのだ。自業自得じゃないか。どうして甘やかさなければならないのだと納得がいかなかったが、碓氷からは尤もな意見が返ってきた。

「犯罪者のためだけではなく、ここで働いている人たちのためでもあると考えましょう。死刑囚の精神が不安定になると、刑務官の日々の業務に支障が出ますから」

「……たしかに」

収容者が言うことを聞かなければ、それだけ刑務官の負担が増えてしまう。彼らへの配慮が欠けていたことを小津は自省し、同時に碓氷に対して感心を覚えた。

その数分後、扉が開いた。付き添いの刑務官と共にジャージ姿の男が現れ、パイプ椅子に腰を下ろした。アクリル板越しに向かい合う。

「警視庁捜査一課、確定死刑囚捜査班の小津です」先に自分が名乗り、隣の碓氷を掌で指す。「こっちは碓氷です」

「碓氷と申します。本日は面会のお時間をいただき、ありがとうございます」

金子晃斗死刑確定囚は訝《いぶか》しげな顔で会釈した。犯行当時は二十歳。現在は五十手前のはずだが、年齢よりも老けて見えた。丸坊主に近い短髪はほとんどが白髪で、頬は痩せこけ、かさついた青白い肌には多くの皺《しわ》が刻まれている。長身だが、手足は枝のように細い。

「我々は現在、金子さんの事件の再捜査をしています。当時のお話を聞かせていただければと思いまして」

金子の顔が僅《わず》かに強張《こわば》った。

「……どうして再捜査するんですか。もう終わったことなのに」

事件を蒸し返されることを嫌がる犯罪者は少なくない。自分の犯した過ちと向き合うことは苦痛以外の何物でもないだろう。

だが、金子の表情にはそれとは違う焦りのような色が滲《にじ》んでいた。長年こういう仕事をしていると人の表情の変化に目敏《めざと》くなる。小津は金子の顔を注視した。

確定死刑囚捜査班が新設された経緯を、碓氷が掻《か》い摘んで説明した。蛭岡事件については新聞で読んだことがあると金子は答えた。

「――という次第で、これまでの死刑確定囚による事件を調べ直しているんです。ただ、先に申し上げておきますが、目的はあくまで当時の捜査に問題がなかったかを確認することでして」

再捜査はするが、それは死刑囚の罪を軽くするためではない。変な期待を持たせてはならないと思い勧告したが、この男には不要だったようだ。

「なるほど、そういうことでしたか」金子は薄く笑った。「だったら、無駄足を踏ませてしまいましたね。私の犯行については、警察が調べた通りですから」

意外と普通だな、と小津は思った。

逮捕時の映像ではいかにもな悪人面だったが、金子の態度はいたって真面目で、受け答えもしっかりしている。すっかり毒気が抜けており、過去に三人もの命を奪った殺人鬼には到底見えなかった。

殺人犯の凶悪なイメージは報道が作り上げたもので、実際の人柄とは大きくかけ離れていることは珍しくない。不安や恐怖、怒りや憎しみを煽《あお》るためにマスコミは偏った情報を流している。金子に関しても大げさな印象操作があったのかもしれない。無論、歳を取ってから落ち着いたか、はたまた長い独房生活が自身を省《かえり》みるきっかけとなったケースもあり得るが。

「起訴内容もすべて事実ですか？」

「はい。自分があの三人を殺したことは、間違いありません。全員殺すつもりで彼女の家に行きました」

金子は淀《よど》みない口調で答えた。犯行時に殺意があったことまで、隠すことなく認めている。

「金子さん」碓氷が身を乗り出し、尋ねた。「どうしてあなたは、あんな事件を起こしたんですか？　恨んでいたのは彩乃さんですよね？　家族まで殺す必要はなかったのでは？」

その瞬間、金子の顔付きが一変した。

「俺と彼女の仲を邪魔したから、殺してやったんです。あいつらは、死んで当然の連中なんですよ」

憎々しげに語るその表情には、たしかに殺人犯の片鱗《へんりん》が見えた。

金子は自分のやったことを少しも悪いと思っていないようだ。もし仮に時間が一九九九年に遡《さかのぼ》ったとしても、この男はまた同じことをするだろう。確定囚となって二十年以上経った今でも、犯人は一切反省していない。日本の矯正制度はどうしてこうもうまく機能しないものかと、小津は失望とやるせなさを覚えた。

「警察の取調べに問題はなかったですか？」碓氷が質問を続ける。「殴る蹴るの暴行や、人格を否定するような暴言は？」

「そんなことはまったく」金子が首を振った。「とても紳士的でしたよ。自分の話をしっかり聞いてくれて。ご飯も食べさせてくれましたし、ちゃんと休憩も取ってくれました」

それは金子が捜査に協力的だったからだ。自ら通報し、黙秘することなく素直に供述した。捜査員にとって、さぞ手のかからない被疑者だったことだろう。

「自白を強要されたのでは？」

「そんなわけない」金子は笑い飛ばした。「俺がやったんです。俺が殺した」

それでも碓氷は引き下がらなかった。

「何か隠していることがあるんじゃないですか？　どんな些細なことでもいいので教えてください」


面会が終わり、駐車場に停《と》めていた捜査車両に乗り込む。帰りは運転を代わると申し出た小津だったが、碓氷には断られてしまった。渋々助手席のシートベルトを締める。

「まさか、金子が冤罪だと思ってるわけじゃないよな？」

先刻の碓氷の態度が気になり、小津は念のため確認した。

金子晃斗死刑囚は「これ以上何も話すことはない」「放っておいてほしい」の一点張りで、特に目新しい情報は得られないまま面会時間は終了した。

金子が殺意を持って三名を殺害したことは紛れもない事実だろう。これ以上調べたところで何も出てこないと踏んでいるが、碓氷は納得していないようだった。

「確定死刑囚捜査班が余所《よそ》から何て呼ばれてるか、ご存じですか？」ブランドものらしきパンプスでアクセルを踏みながら、碓氷は質問を返した。

「知らない。『窓際部署』とか？」

「『警視庁の墓場』」

「……結構酷《ひど》いなぁ」

小津は顔をしかめた。そこまで蔑《さげす》まれているとは。

「でもまあ、墓場っちゃ墓場か。とっくに終わった事件を今さら捜査しろって言われたって、何のやりがいもないしなぁ」

「班長も、無駄なことだと思ってます？　死刑が確定した事件の再捜査なんて」

どう答えるべきか悩んだが、ここは正直に話すことにした。「思ってる」

碓氷が小さく嘆息した。失望させたようだ。

小津は言い訳を付け加えた。「でもさ、上の連中だって、俺たちに頑張って働いてほしいなんて、少しも期待しちゃいないんだよ。むしろ、捜査の過ちを見つけられたら困るから、頑張らないで適当にやってほしいって思ってるさ」

「だったら、どうして確捜班なんか作ったんですか」

「あんな不祥事起こしといて、何もしないわけにはいかないでしょうよ。それに万が一、また蛭岡事件みたいなことが起こったときは、スケープゴートが必要になる」

「つまり、我々は冤罪の責任を押し付けるための部署、ってことですか」

「そういうこと」

だから、将来性のある人間や有能な人材はここには来ない。自分のような老い先短いロートルか、西や横田のように不祥事を起こして処された問題児か。モチベーションの低い人間が集まることは必然である。

「碓氷、お前さんがどんな理由でここに左遷されたかは知らんが、早めに異動願出した方がいいぞ」

「私は自ら志願しました」

予想に反する答えが返ってきたので、小津は「えっ、そうだったの」と驚きの声をあげた。

「知らなかった。なんでこんなとこ来ちゃったのよ」

墓場に自ら志願して来るような、そんな酔狂な人間がいるとは思わなかった。

　碓氷はしばらく黙り込んでから、

「大事な役目だと思ったからです」

と、はっきりとした口調で答えた。赤信号で車は止まっているが、彼女は真っ直ぐに前を見据えたままだ。俺も二十代の頃は仕事に対してこれくらいの情熱があったんだろうなと、その横顔に懐かしさすら覚える。

「私は真実を見つけたいと思ってます。たとえそれが、判決に影響を及ぼさないような些細なことであっても」

　見てくれや出自がどうであれ、彼女はしっかりと刑事の心を持ち合わせているようだ。どう接したらいいものかと悩んでいたが、そこまで身構える必要はないのかもしれない。

「大企業のお嬢様って聞いてたけど」小津は軽口を叩いた。「刑事してるじゃん」

「なんですか、それ」

「意外と普通の子で安心したってこと」

　やはり家柄については彼女も思うところがあるらしい。碓氷は肩を竦めて釘を刺した。「家のことで私に気を遣うのは、やめてくださいよ」

「わかってるって。俺はあと数年で引退だし、今さら出世も天下りも狙ってないからさ。気を遣う理由がない」

「それならいいですけど」

「いろいろ言われてきて嫌だったと思うけど、俺はさ、家柄だって個人の立派な能力だと思うよ。人生って結局、運とコネみたいなとこあるじゃん？　使えるもんは、使えるときに使っときゃいいのよ」

驕《おご》り高ぶれとは言わないが、そこまで忌避しなくていい。周囲のうるさい声に耳を傾け、自身の生い立ちをデメリットだと感じる必要は一切ない。そういうことを伝えたかったのだが、上手い言葉が出てこない。

「実家が太いからって、何の努力も苦労もしてないわけじゃないだろ」

環境に恵まれた人間が、そのことを負い目に感じてしまう世の中であってはならないと小津は思う。幸福な者が窮屈な思いをするようでは、社会はますます閉塞的になり、落ちぶれていく一方だ。

碓氷はこちらに視線を向けた。少し驚いたような顔で「初めて言われました、そんなこと」と呟く。

「少なくともうちの班には、お前の足を引っ張ろうって奴はいないから。好きなようにやればいいよ」

信号が青に変わった。彼女は僅かに口角を上げ、前方に向き直った。

碓氷の運転で本庁の駐車場に戻ってきた、その直後のことだった。小津に電話が掛かってきた。知らない番号からだった。

「はい、小津です」

通話を繋《つな》いだところ、相手は玉川西警察署の捜査員だと名乗った。

「……は？」相手の言葉に驚き、眉をひそめる。「わかりました、すぐにそちらに向かいます」

電話を切ったところで、車を停めながら碓氷が尋ねた。「どうしました？」

「事件発生」小津は答えた。掌を差し出し、碓氷から車のキーを受け取る。「警官に対する暴行だって。ごめん、先に戻っといて。俺ちょっと、玉川西署まで犯人迎えに行かないと」

「玉川西？　誰なんですか、犯人って」

「横田」

溜息交じりに答える。碓氷も呆れて言葉を失っていた。

「この度は、大変申し訳ありませんでした」

刑事課強行犯係が置かれている玉川西警察署二階。その会議室で、小津は深々と頭を下げた。目の前には所轄の捜査員が座っている。強行犯係の係長だという。見たところ年齢は五十代。自分より幾分か年下だろう。

「おたくの捜査員が、うちの部下に摑み掛かってたんですよ」と、係長は横田の犯行内容を説明した。

件の事件の証拠品一式を借りに検察へと足を運んだ横田と西だったが、先方の対応は芳《かんば》しくなかったようだ。すでに処分されたのか見当たらない、見つかったらこちらから連絡する、と体よく追い返されてしまったらしい。担当の所轄に行けばコピーくらいは残っているかもしれないと告げられ、横田は西を置いて単独で玉川西署を訪れた。係長は横田をこの小部屋で待たせ、後の対応は部下の一人に任せたという。

そして、その二時間後。事件はこの密室で発生した。係長が廊下を通りかかった際に、中から言い争うような声が聞こえてきた。いったい何事かと部屋の扉を開けてみたところ、部下の胸倉を摑み、その体を壁に押し付けている横田の姿を目撃した、とのことだった。

「しかし、いきなり何の理由もなく摑み掛かるとは思えませんが」

「横田警部補に理由を訊《き》いたら、『腹が立ったから』と言ってましたよ」機嫌が悪そうな顔で係長は告げた。「……まあ、散々待たされた挙句、何もありませんでしたって言われたら、たしかに腹も立つでしょうけど」

保管されている証拠品は山ほどある。探し出すのも簡単にはいかない。それは警官の端くれである横田だって理解しているだろう。問題は、玉川西署の捜査員が資料を探すふりをして時間を潰しているうちに、管轄内で発生した事件の捜査に駆り出されてしまい、横田の存在をすっかり失念していたことだった。穿《うが》った考え方をすれば、わざと待たせていた可能性もある。嫌がらせのつもりで。

係長は幸い話の分かる人物で、長時間待たされた横田が腹を立てることも理解できる、今回の件はお互いに非があるとして問題にはしない、と話を結んだ。被害者の捜査員も、被疑者の横田もそれで納得しているという。寛大な処置に礼を告げ、小津は会議室を後にした。

署を出た先で横田は待っていた。捜査車両の傍らに直立し、小津に向かって無言で頭を下げた。常に仏頂面の男だが、今日ばかりはさすがに申し訳なさそうな顔をしていたので、説教をする気も削がれてしまった。

「資料を借りてくるだけなのに、なんで喧嘩になるかねえ」

代わりに苦笑を向けると、横田は気まずそうに目を逸《そ》らした。

「飯はまだだよな？」

腹減ってるかと問えば、横田は「うっす」と頷いた。

しばらく街を歩くと、小さな中華料理屋を見つけた。外観も内装も古い店だ。油ぎった汚いテーブル席に向かい合って座り、小津は担々麺を、横田は中華そばと麻婆《マーボー》豆腐《どうふ》と炒飯《チャーハン》の大盛りを注文した。よく食う奴だなと仰天しつつ、小津はこっそり財布の中身を確認した。

　中華そばをおかずに炒飯を食べている横田に、小津は尋ねた。「あの喧嘩、理由があるんでしょ？　誰にも言わないから教えてよ」

　横田は黙り込んでいた。自供を引き出すまでには少し時間が掛かった。麺を啜りながら待っていると、彼は口をもぐもぐさせながら、

「……侮辱されたからっす」

　と、ついに白状した。

「うちのチームを侮辱したんすよ。あの男、碓氷警部と同期らしくて、『親が金持ちだから出世できた』とか『警察学校時代から贔屓《ひいき》されてた』とか言い出して」

　あの男というのは、横田の対応を任された若手捜査員のことだ。男の悪口は止まらず、さらには他の班員にまで飛び火したという。半笑いで『西って奴の噂も聞いたことがある。女子中学生を追いかけ回しているロリコンの犯罪者予備軍だって』と罵られたそうだ。小津は「言ってることは正しいけどな」と呟いた。西颯太は紛れもないロリコンだし、犯罪者予備軍どころかしっかりストーカー常習犯である。

「碓捜は警察のゴミ箱、って言われたっす。西も碓氷も、扱いに困るから捨てられたって」

「それで腹が立って、胸倉を摑んだのか」小津はお冷を一口飲み、告げた。「お前がそんなに仲間思いだとは思わなかったよ」

「一緒に働くっていうことは、命を預けるってことっすから」

これまで横田は危険の多い組織に身を置いてきた。その経歴が彼の信念に深く影響を及ぼしているのかもしれない。「お前の古巣じゃそうだよな」と小津は頷いた。

「だったら、黙ってないで、最初からそう言えばよかったのに」

どうして本当の動機を告げずに、『腹が立ったから』の一言で片付けてしまったのだろうか。口下手にもほどがある。

するると、

「勝手にやったことだから」

と、横田は答えた。

「頼まれてもないことなので、言う必要はないっす」

大きな口を開けて炒飯を掻き込んでいる男に、小津は小さく笑った。「かっこいいなあ、お前」

なかなか男気のある奴じゃないか。気性の荒い性格だと聞いていたが、誤解していたのかもしれない。少なくとも、理由もなくキレ散らかし、暴力を振るうような人間ではなさそうだ。

「あの、先輩三人を病院送りにしたって話も、理由があったんだな?」

　確信を持って尋ねると、横田は頷いた。

　当時、彼の職場では虐《いじ》めが横行していたという。被害に遭っていたのは横田の後輩である新人隊員で、度々先輩たちから寮の部屋に呼び出されては、飲み会の余興にされていた。警察組織内での虐めやパワハラの問題はたまに耳にするが、被害者は声をあげ辛《づら》く、横田の後輩も反抗できない状況にあった。

「酔ったときは、かなり酷かったようです。裸になるよう命じられて、動画を撮られたって言ってました。命令に従わないと殴られるって。俺が部屋に様子を見に行ったときは、全裸でベランダに出されて、鍵を閉められてたっす。真冬っすよ」

　それで横田はかっとなり、先輩隊員を殴った。手加減したつもりだったが、横田の戦闘能力があまりに高すぎたせいで、三人は病院送りになってしまった。

「ってことは、今回は殴る寸前で踏み止《とど》まったんだな。偉いじゃん」

　小津は手を伸ばし、横田の大きな肩を軽く叩いた。褒められるとは思わなかったようで、横田は目を丸くしている。

「ねえ、じゃあさ」にやりと笑って尋ねる。「『お前の班長は耄碌《もうろく》ジジイ』とか言われても、同じように怒ってくれた?」

「どうすかね」

「何でよ、怒りなさいよ」

「うまかったっす。ごちそうさまっす」

両手を合わせて笑っている横田に向かって、不貞腐れた顔で「行くぞ」と腰を上げる。レジで会計を済ませた直後、不意に電話が掛かってきた。この番号は本庁だ。

電話の相手は香月真知子だった。彼女は普段より低い声で端的に用件を告げた。小津は「すぐ行きます」と敬語で返し、通話を切った。

「どうしたんすか」

「部長から呼び出し。検察庁のデータベースに不正アクセスがあったって。犯人も罪を認めてるらしい」

「その犯人って、まさか」

「うん」小津は頷いた。「西」


「この度は、大変申し訳ございませんでした」

すぐに本庁の刑事部長室に赴き、小津は深く頭を下げた。

執務机の前に立つ香月は険しい顔をしている。「検察の端末に不正アクセスがあったと報告がありました。サイバー対策課の捜査員がアクセス元を調べたところ、この建物の地下一階にあるパソコンからでした」

「申し訳ございません、私の監督不行き届きで」

頭を抱えたくなる。西の奴め、留守番ぐらいおとなしくできないものか。

「検察には事情を説明し、事を荒立てないよう手を回しておきました」不意に表情を緩め、香月は肩を竦めてみせた。「これ、私じゃなかったら確実に懲戒処分にされてるからね？　感謝してよ？」

「かたじけない」

「問題は起こさないでって言ったのに」

「ほんとごめんね？　今度飯奢《おご》るから」

「肉が食べたいなあ、目の前で焼いてくれるやつ」

「俺より稼いでるくせに……」

応接用の椅子に腰を下ろし、小津は大きな溜息を吐いた。

「今日二回目だよ、上に謝罪すんの。頭の下げ過ぎで腰痛い」

「何よ、他にもやらかしたの？」

「……今のは聞かなかったことにして」

香月は眉をひそめていたが、小津は無言を貫いた。

しばらくして、ぼそりと口を開く。「……俺、辞めていい？」

「駄目」

即答されてしまった。小津は口を尖らせた。

「悪い奴じゃないんだよ、みんな。……まあ、不正アクセスは悪いけど」

西は生意気でサボり癖があるが、意外と社交的だ。横田は寡黙だが仲間思い。碓氷は愛想がなくつんけんしているが、真面目で仕事熱心。それぞれ良い所もあると知った今、共に仕事をすることに強い不満があるわけではない。

「ただ、嫌な仕事だなって思っちゃってさぁ」

まだ会計係にいた頃の方がマシだったように思える。気持ちが楽だった。ただパソコンの中の数字だけを相手にして、部下の書類に判を押すだけでよかったから。充実感があるわけではないが、誰かがやらなければ組織は回らない、必要不可欠な役割だという自負はあった。

しかし、この仕事は違う。扱うのはすでに終わった出来事である。事件解決に立ち会えるわけでも、誰かから感謝されるわけでもない。それどころか、身内である警察や検察からは煙たがられる始末。事務仕事とは感じるストレスの度合いが違う。おまけに、金子との面会で矯正制度の無力さを思い知らされ、小津は強い虚無感を覚えていた。

「今日、金子死刑囚と面会してきた。全然反省してなかったよ。自分が殺した被害者についても、殺されて当然だって言ってた」

「そうね。犯罪者には、他罰傾向の強い人間が多いから」

殺人犯は所詮、悪人だ。死刑になったところで一生変わらない。犯罪者が更生することなどありえないのだと、痛感させられた。

「さっさと死刑になればいい、って思っちゃったんだよね。なんでこんな奴のために再捜査してやらないといけないんだ、って」

怒りすら覚えた。何の反省もない金子死刑囚の態度に。再捜査なんて必要ない。こんな奴とっとと死ねばいい。一度そう思ってしまった以上、フラットな視点で事件を見つめ直すことは、もうできそうになかった。

「こんなこと思うのはよくないってわかってるけど、あんな連中を生かしておくなんて、税金の無駄だって思っちゃってさ」

確捜の仕事はただの徒労だ。何の意味も意義もない、不必要な作業でしかない。

「ごめんね、ぐちぐち言って」

不平不満を漏らしたところで何も変わらないし、いくら上司に駄々をこねたところで配属を変えてもらえるわけではない。わかりきっていることだが、それでも愚痴を零《こぼ》さずにはいられなかった。

そろそろ行くかと腰を上げると、

「小津警視」

香月が呼び止めた。机の引き出しから白い封筒を取り出し、小津に手渡す。

「何これ」

「確捜宛てに届いた手紙です」

小津は首を傾げ、中身を検《あらた》めた。

確定死刑囚捜査班の方々へ

突然匿名でお手紙をお送りし、失礼極まりないことだと存じておりますが、どうかお許しください。私の身元など調べればすぐにわかってしまうのでしょうが、蛭岡さんの冤罪問題をきっかけに過去の事件を調べ直す部署が新設されると耳にし、私の思いをお伝えしたくこうして筆を執った次第でございます。

私は去年まで東京拘置所で刑務官として働いておりました。そして二〇二二年、蛭岡さんの死刑が執行され、私もその場に立ち会っていました。

執行ボタンを押した三人のうちの一人が、私だったのです。

あの日のことは今でも忘れられません。朝、自分の番が来たとわかると、蛭岡さんは房の中で暴れ回り、刑務官が数人がかりで押さえつけました。七十手前とは思えないほどの力強さでした。十一階の独房から一階までエレベーターで運ばれている間、彼は何度も「俺はやっていない」と叫んでいました。教誨《きょうかい》を拒み、前室ではただ無言で涙を流し続けていました。絞首刑への恐怖からか、それとも冤罪を晴らしてもらえなかった憤りからか、体の震えが止まらないようでした。

準備が整い、命令が下され、我々はボタンを押しました。

ご存じでしょうが、三つのボタンのうちの二つはダミーで、どれか一つだけが実際に作動する仕組みになっています。ボタンが押されると足元の踏板が外れ、死刑囚の体が落下し、絞首刑が執行されます。

その下では、落ちてきた体を受け止める役が待機しているのですが、その日は新人が担当したこともあって上手く受け止めることができず、蛭岡さんの体は反動で大きく揺れたそうです。ロープのねじれによってぐるぐると回転する体をなんとか押さえつけ、痙攣《けいれん》が止まるまで抱き留めた後、その刑務官は吐き気を抑えられず嘔吐《おうと》していました。

死刑に立ち会うのはただでさえ嫌な仕事です。どんなベテランの刑務官でも精神的なショックで心を病んでしまいます。いくら死刑囚とはいえ人間の死に関わるのですから、当然のことでしょう。長く世話をしていると、やはり相手に対して情が湧くこともあります。特に蛭岡さんは死刑囚としては模範的で、生活態度も人柄もよく、我々刑務官に気遣うような言葉を掛けてくださることもありました。彼が収容されていたC棟の担当刑務官は、独房に残された遺品の整理をしながら涙を流していたそうです。

蛭岡さんの死刑執行後に真犯人が名乗り出たとき、私は愕然《がくぜん》としました。どうしてもっと早くに自首してくれなかったんだと、その男を恨みました。そして、あのときボタンを押してしまったことを後悔せずにはいられませんでした。死刑囚は刑の執行を以て罪の償いが果たされる、という前提を拠り所に、我々は辛《つら》い職務にあたっています。これは法律で定められた正しいことなのだと、死刑に立ち会う度にいつも自分に言い聞かせていました。それなのに、蛭岡さんは無実だった。死刑にしてはいけない人だった。あの世で彼に何と謝罪すればいいのでしょうか。

あの日、ボタンを押した三人の刑務官は、私を含め全員が辞職しました。職務とはいえ無実の人間を殺してしまったのです。強い罪悪感に苛まれ、この仕事を続けることができませんでした。彼の首に縄をかけた刑務官は睡眠障害に陥っていると聞きました。私も未だに悪夢を見ます。夢の中で、蛭岡さんが泣きながら「俺はやってない」と訴えるのです。

現職の刑務官たちは皆、一層恐れているはずです。ただでさえ死刑の立ち合いは嫌な役目なのに、こんな冤罪事件まで起こってしまったのですから。今後、死刑が行われる度に、この死刑囚も蛭岡さんのように無実だったらと、強い不安が彼らの頭を過ることでしょう。

どうかお願いです。皆様のお力で、死刑に関わる刑務官たちの苦しみを少しでも軽くしてやっていただけないでしょうか。彼らが安心して職務に当たれるよう、慎重な捜査をしていただけることを、切に願っております。

「先日、都内で男性の自殺体が発見されました」

小津は手紙から顔を上げ、見開いた目を香月に向けた。

「自宅で首を吊っていました。身元を調べたところ、前職は拘置所の刑務官だったそうです。鬱とパニック障害を患っていたようで、精神科の通院記録もありました」

皆まで言わずとも理解した。この手紙の送り主は、すでにこの世を去ってしまったのだと。

手紙を折り畳み、懐に仕舞う。小津は自身の言葉を撤回した。

「さっさと死刑になればいいなんて、軽々しく言っちゃいけないいな」

凶悪な犯罪が起こる度に、誰しもが思う。犯人が死刑になればいい、と。こんな奴生きる価値もないと蔑み、早く死ねばいいと罵る。正義感を振りかざして。

昨日まで世話をしていた人間を、自らの手で殺さなければならない――死刑の背後に酷な役目を課されている者たちがいることに、想像が及ばなかった。

「私たち警察は、罪のない人間を二人も殺してしまった」

香月の言葉が胸に刺さる。こんなこと、絶対にあってはならない。二度と起こしてはいけないことだ。いや、一度であっても起こしてはならなかった。

次を防ぐ機会を、我々は与えられている。

「ちょっとはやる気になった？」香月が目を細めた。「昔の顔に戻ったね」

「昔の顔って？」

「刑事だった頃の顔。勇さん、あの事件以来、ずっと腑抜《ふぬ》けになってたから」

あの事件――過去が頭を過る。十年前、都内で発生したバラバラ殺人。小津が出世の道を絶たれ、犯罪捜査への情熱を失うことになった、あの頃の記憶が。

「そりゃあ腑抜けにもなるさ、あんなことがあったら」

今でも鮮明に覚えている。切断された遺体の写真。手錠を掛けられ、連行される犯人の姿。取調室で薄ら笑いを浮かべる被疑者に摑み掛かり、何度も殴りつけた右手の痛み。いくら忘れようと努力しても、あの当時の記憶は時折こうして頭を擡《もた》げ、自身を苦しめ続けている。

俺のせいだ、と小津は呟いた。

「織部《おりべ》があんな風になっちまった責任は、相棒だった俺にある」


手紙を仕舞った胸元をひとつ叩き、小津はエレベーターに乗り込んだ。地下のオフィスに戻ると、中には碓氷と横田がいた。碓氷は事件の資料に目を通している。横田はタンクトップ姿で筋トレをしている最中だった。

肝心の男は離席中である。

「西は？　どこ行った？」

「一課です」碓氷が心底どうでもよさそうな声色で答えた。「課長に呼び出されたみたいで」

「三十分前から」腕立て伏せをしながら横田が付け加える。「帰ってこないっす」

「絞られてんなぁ」

デスクに腰を下ろした小津に、碓氷が声を掛けてきた。「班長、どうします？　送致した捜査資料と証拠品、もう残ってないんですよね？」

「そうらしいね」小津は溜息を吐いた。

「保管期間内なのに破棄してしまうなんて、検察も迂闊《うかつ》過ぎませんか」

「まあ、二十五年も前の事件だし、責めらんないよ。警察だってしょっちゅう物失《な》くすし」

捜査資料や証拠品の紛失はよくある話で、その度に批判を受けている。去年は捜査資料を電車の中に置き忘れた件が問題になっていた。一昨年には路上で泥酔し、USBメモリが入った鞄《かばん》を盗まれた者もいた。

「俺も前に、訓練用の銃弾失くしたことあるっす」

まるで財布でも失くしたかのような口調で、横田がとんでもない報告をした。碓氷が「不注意すぎる……」と眉間に皺を寄せている。

「何やってんのさ」

「その後ちゃんと見つかったんで、大丈夫っす」

「大丈夫じゃないよそれ」

こうも頻繁に問題が起こるのは警察の管理体制が杜撰なせいだろう。うっかりミスならまだしも、故意に紛失することもあるので質《たち》が悪い。犯罪者から押収した金品、拳銃や麻薬を横領する不祥事も少なくなかった。

西が戻ってきたのはその数分後だった。不服そうに首を捻りながら「あんなに怒らなくてもいいのになぁ」とぼやいている。

「減給処分になるかもって言われたんですけど、どう思います？　もうすぐくるみんの誕生日なのに、給料減らされたら困るなぁ。……碓氷さん、家の力でなんとかしてくれません？」

「なんであんたの尻拭いに、うちの家のコネ使わないといけないの」

碓氷が一蹴した。まったくだ、と小津も頷く。

「普通ならワッパ掛けられてるからな。次からは気を付けろよ」

「次はバレないようにやろ」

「そういうことじゃないんだって」

「反省してまぁす」と軽薄な口調で返した西を、碓氷が「こいつ絶対反省してない」と睨みつけた。

頭が痛くなる。若かりし頃の自分ならここで烈火のごとく怒鳴りつけていただろうが、丸くなったものだと思う。横田のようなケースもあるため頭ごなしに叱ることはせず、まずは事情を聞くことにした。「そもそも、なんでこんなことしちゃったの」

犯行動機を訊かれると、西はパソコンを操作しながら「塩対応されたからムカついて」と供述した。

「まあまあ、許してくださいよ。おかげでコレ見つけたんだし」

直後、プリンターの起動音が聞こえてきた。何かを印刷しているようだ。出てきた紙を手に取り、確認する。供述調書、現場写真、検視報告書――検察に保管されていた捜査資料らしき書類一式が、次々とプリンターから吐き出されてくる。

印刷されたばかりの紙を睨み、碓氷が首を捻る。「これって、例の事件の資料だよね？　処分されたんじゃなかったの？」

「ちゃんと保管されてますよ。データベースにも残ってました」

「嘘吐いてたってこと？」碓氷はお嬢様らしからぬ舌打ちをした。「意地が悪い」

「まあ、しょうがないか。過去の事件をいろいろ掘り返されて、余所からケチ付けられたくないもんな。情報は極力渡したくないだろ」

「さっそく嫌われてるっすね、俺ら」

資料に目を通す。当時の調書によると、やはり金子死刑囚は素直に取調べに応じていたようだ。その様子が詳細に綴られている。供述については以下の通り。凶器は普通のサバイバルナイフで、近所のホームセンターで購入。平成十一年六月十日午後二時過ぎ、鍵が開いてた大川家の玄関から侵入し、最初に二階にある彩乃の部屋へ向かった。彩乃が不在だったため、隣の部屋にいた義兄・大輔を殺害。

それから金子は下の階に下り、リビングへと向かう。昼寝の最中だった父・忠の横を通り過ぎると、その先のキッチンで洗い物をしていた母・美佐子に背後から襲い掛かり、刺殺した。最後に眠っている忠を手に掛けると、同日午後二時三十二分に固定電話から警察へ通報。その後、金子は駆け付けた警官によって現行犯逮捕され、玉川西警察署に留置された。

自ら通報した理由を訊かれた金子は、『本当なら彼女もその家族も全員殺して、自殺しようと思っていた。だけど自分で死ぬのが怖くなったから、死刑にしてもらおうと思った』と答えている。

「自分で通報してるしベラベラ喋《しゃべ》ってくれてるし、手のかからない事件だなぁ」小津は老眼鏡を外しながら感想を漏らした。「最初から罪を認めてるし、証拠も全部揃ってる。調書を見る限り、一通り関係者に話を聞いてさっさと終わらせたって感じ」

「同時期に世田谷区内で殺人事件が起こったこともあって、そっちの応援に人員を割かれていたみたいですね」

現場写真に視線を向ける。キッチンで倒れている母親の美佐子。テレビの前で息絶えた父親の忠。二階の部屋の中で事切れている兄の大輔。全員が血塗《ちまみ》れだ。遺体の検分調書によると、美佐子は三箇所、忠は六箇所、大輔は十五箇所もの刺し傷があったという。

遺体写真をボードに貼り付ける。それを眺めながら西が「えぐいなぁ」と顔をしかめた。

「全員滅多刺して。よっぽど恨んでたんすかねぇ」

「滅多刺しが必ずしも憎しみによるものとは限らないから。相手を恐れるあまりに過剰に攻撃してしまうケースもある。女性の美佐子より男性の大輔や忠の方が多く刺されているのも、金子死刑囚の中にそういう意識があったせいかも」碓氷が見解を述べた。「まあ、金子がこの家族を恨んでたことは確かだけど」

面会で金子は彩乃の家族について「死んで当然の連中だ」と語っていた。二十五年経った今でも恨みは消えていないように見えた。

「だんだん冷静になってるっすね、この犯人」横田が写真を指差して告げる。「最初に殺した大輔は、腹部や肩付近の致命傷にならない傷が多い。でも、二人目の美佐子は首に一箇所と胸に二箇所。三人目の忠はほとんど心臓付近ばっか刺されてる」

「殺す度に手慣れてきたってことか」

「見てください、これ」

西が声をあげた。

「金子はネットで犯行予告までしてたみたいです。これ、当時の匿名掲示板のやり取りですけど、交際相手のことをボロクソに書いてますよ」

印刷された紙を確認する。そこにはたしかに元恋人の彩乃への誹謗中傷《ひぼうちゅうしょう》が書き連ねてあった。『あの女ゆるさねえ』『クソビッチが』『他の男とヤッてた』などの罵詈《ばり》雑《ぞう》言《ごん》が連投されている。二人が破局した後、彩乃が他の男性と関係を持ったという記録は見当たらない。つまり、これらはすべて金子死刑囚の被害妄想か、もしくは彼女を貶《おとし》める目的で事実無根の悪口を書き立てたか。

「気持ちはわかるけどなぁ。僕も胡桃ちゃんの熱愛とか発覚したら、ネットに書き込みたくなるもん」

「いやいや、なんでよ」その心理が小津には微塵も理解できなかった。「彼氏がいてもいなくても、お前と胡桃ちゃんがどうこうなる可能性なくない？」

「ちょっとぉ、夢ブチ壊さないでくださいよ。もしかしたらワンチャンあるかもしれないでしょ」

「ないから」碓氷が即答した。

「十四歳相手に何言ってんだ。ワンチャンあったら犯罪だぞ」

「青少年健全育成条例違反っすね」

「面会要求等罪もあり得る」

誹謗中傷の書き込みは六月二日から始まり、事件当日の朝には『今からあいつの家に行って全員殺してやる』という犯行予告が残されていた。

「もし仮に彩乃さんが在宅していたら、とんでもなく酷い目に遭っていたかもしれませんね」

「たしかに、滅多刺しだけじゃ済まなかっただろうな」

彩乃はその日、仕事のシフトが入っていたことで幸運にも被害に遭わずに済んだわけだが、その代わりに家族が犠牲になってしまった。自分のせいで大事な身内が巻き込まれ、独り残された彼女の心情を考えると胸が痛む。

「資料の中に、彩乃さんの証言の記録がありませんね」

「一番の当事者に話を聞かないわけがないから、裁判の役に立たないものだったか」

大川彩乃が警察の取調べでどのようなことを語ったのかは、知ることができなかった。話ができるような精神状態ではなかったのかもしれない。

「金子のケータイの通話記録もありますよ。これです」

と、西が一枚の紙を手渡した。特定の番号にマーカーが引いてある。

小津は指差し尋ねた。「この番号は誰の？　何度か電話が掛かってきてるみたいだけど」

「それ、大川彩乃の番号でした」

「彩乃さんがストーカーしてる相手に何度も電話を掛けてたってこと？」碓氷が眉をひそめた。「普通は逆じゃない？」

「『付きまとうのをやめて』って注意するためとか？　もしくは、家族の誰かが代わりに電話したのかも」

「家族といえば、犯行時に大川家の玄関の鍵が開いてたのもおかしいと思いませんか？　不用心すぎるというか」

「実家ってそんなもんじゃない？」

「田舎《いなか》だとそうかもしれませんが」

「うちの実家、都内だけど一日中開けっぱっすよ」

横田の答えに、西も頷く。「庶民はそんなもんですって。警備員四人雇ってる碓氷さんちの豪邸とは違うんですよ」

「三人だよ」碓氷がむっとして言い返した。「そういうことじゃなくて。ストーカーが家の周囲をうろついているんだから、しっかり戸締りするはずって話」

「まあ、たしかになぁ」

碓氷の言うことにも一理ある。

「その日たまたま締め忘れてたとか？」

「たまたまのうっかりで三人死ぬって、やばいなぁ」

「世の中そんなんばっかだよ。たまたまうっかり人は死ぬ」

人は皆、今の日常が永遠に続くものだと疑いもせずに生きているが、不運はどこにでも転がっている。突然何の前触れもなく自身が被害者になることもあれば、加害者になることだってある。この大川彩乃のように、大事な家族が事件に巻き込まれることも。そんな人々を、小津は今まで数えきれないほど目にしてきた。自分自身がその立場に立たされることもあった。昔の相棒の顔が浮かんでしまい、思わず頭を振る。

意識を本題に戻し、仕事に集中する。事件の概要は出揃ったが、これだけではさすがにまだ情報が足りなかった。当時の関係者から話を聞くべきだろうと考え、小津は尋ねた。「担当刑事の名前は残ってる？」

「何人かの名前は記録にありますけど、二十五年前の事件ですからねえ。もう辞めてるかも」

「人事に問い合わせます」すぐに碓氷が受話器を手に取り、内線を掛けた。

確認したところ、本件に携わった捜査員の殆《ほとん》どが既に退職しており、現職で残っているのは一人だけだという。事件当時まだ若手で、取調べの記録係として署名を残していた丹波宗宏《たんばむねひろ》という刑事だ。

その男の名前には覚えがあった。たしか前に一度、捜査本部で顔を合わせたことがあるはずだ。丹波は二十五年前は玉川西署の強行犯係だったが、今は八王子《はちおうじ》北《きた》署の交通課で係長を務めているらしい。

「今から行って、ちょっくら話聞いてくるわ。みんなはもう上がっていいよ」

小津はオフィスを出て、駐車場へと向かった。覆面パトカーの運転席に乗り込んだところ、追いかけてきた碓氷が助手席に滑り込んできた。「私も行きます」

「帰んなさいよ。せっかく定時で上がれる部署にいるんだから」

「帰ったところで、どうせ事件のことが気になってしまうので」

「仕事熱心だねえ」

碓氷は足を使って情報を集めることに抵抗がないようだ。お嬢様なのに、まるで叩き上げの刑事みたいなところがある。面白い奴だなと心の中で笑いながら、八王子北署に向かって車を走らせる。

しばらくして、碓氷が唐突に尋ねた。「班長、何かあったんですか」

「え？　何が？」

「急にやる気になっていらっしゃるように見えたので」

「……ああ、そういうことね」

小津は懐から紙を取り出し、碓氷に渡した。確定死刑囚捜査班に宛てられた、例の匿名の元刑務官からの手紙だ。

「お前の言った通りだよ」

文面に目を通した碓氷は言葉を失っていた。

「死刑囚のためでも、お偉いさんの責任転嫁のためでもない。真面目に働いている刑務官のためだと思えば、この仕事もやる意味があると思ってさ」

小津はハンドルを握る掌に力を込めた。

「――世田谷区のストーカー殺人？　今更話すことなんてないよ」

八王子北警察署の丹波宗宏警部はそう一蹴し、まるで蠅《はえ》でも追い払うように掌を振った。過去の事件を蒸し返されるのは刑事なら誰しも気分のいいものではない。非協力的な態度を取られることはわかってはいたが、さてどうしたものかと小津は肩を竦めた。

そんな小津の顔を、丹波が「ああ、どっかで見た顔だと思ったら」と指差す。

「あんた、あの織部の相棒だった奴か！」

まさか今ここでその名前が出てくるとは思わなかった。不意を突かれて少し動揺してしまい、ぎこちない笑顔で「ええ、まあ」と曖昧に返す。

「どんな些細なことでもいいんです。お話聞かせてもらえませんかねえ」

強引に話を戻すと、丹波は不愉快そうに眉をひそめた。「俺らの捜査が間違ってたって言いてえのか？」

「そんなことは微塵も。ただウチもね、仕事なんでね」

このまま所轄の廊下で押し問答を続けるわけにもいかない。場所を変えた方が良さそうだ。「この後一杯どうです？　近くにいい店があるんですよ」という小津の提案

に対し、

「あんたも来るなら、話してやってもいいけど」丹波は碓氷の顔をじっと見つめ、にやりと笑った。「やっぱ可愛い子のお酌《しゃく》がないとなぁ」

どうやら彼は碓氷が何者かを知らないらしい。仮に知っていてこんな発言をしたというのなら、警察上層部が畏《おそ》れる大企業の御令嬢をコンパニオン扱いする身の程知らずだということだ。

当の碓氷は無反応だった。頷くことも拒否することもなく黙っている。ただ、その瞳はまるで蛆虫《うじむし》を見るかのような目つきをしていた。こりゃ内心相当イラついてんなと小津は苦笑した。

署を出てから、

「碓氷、お前は先に帰んなさい」

と、車の鍵を碓氷に手渡す。

碓氷は目を丸くした。「いや、ですが――」

「いいから、いいから」

「あの人、可愛い子のお酌がないと話さないって」

「俺だって可愛いから大丈夫」

軽い冗談のつもりだったが、思いのほか碓氷には受けたらしい。彼女はぷっと吹き出すと、声をあげて笑い出した。そこまで笑う必要はないのではと思わなくもなかったが、初めて見る彼女の微笑みはまるで子供のように無邪気で可愛げがあった。碓氷がまた笑顔で働けるようにと気にかけていた香月部長の気持ちが、少し理解できる。碓氷一頻《しき》り笑ってから、碓氷は「では、後はお願いします」と頭を下げた。彼女に車を預け、小津は約束の飲み屋へと向かった。

大丈夫だと豪語したはいいが、実際はやはり一筋縄ではいかなかった。居酒屋に現れた丹波は「なんで汚《きたね》えオッサンと二人きりで呑まないかんのか」と膨れっ面で、すっかりへそを曲げてしまった。お前だって汚えオッサンだろうがと心の中で毒づきながらも、「まあまあ、そう言わずに」と宥《なだ》め、相手のグラスに瓶ビールを注《つ》ぎ足す。

丹波の口が軽くなったのは、瓶が三本ほど空になった頃だった。

「普通ならビビるはずなのによ、あいつは堂々としてたよ。犯行についてもベラベラ喋ってくれてさ。飯もたらふく食って、留置場でグーグー寝てた。肝が据わってるっつうか、ふてぶてしいっつうか」

取調べ中の金子死刑囚の様子を、赤ら顔の丹波はそう評した。

「たしかに、面会したときもそんな感じでしたね」

拘置所での金子死刑囚を思い返す。反省も後悔もしていない、自分が悪いと一切思っていない、そんな態度だった。自分の生死について無頓着で、いつか来る極刑を微塵も恐れていない。堂々としたものだった。

「交際相手の彩乃さんにも話を聞いたんですよね？」

「ああ、そりゃもちろん」

「家族全員を殺されたんだから、ショックも大きかったでしょう。話をさせるの苦労したんじゃないですか？」

事件直後の被害者遺族は人と対話できるような状態にあらず、取調べがままならないことも多い。

ところが、

「それがなぁ、そうでもないんだよ」

と、丹波は顔をしかめた。

「実は、あの子の家庭は、いろいろと問題があってな」


「……あー、頭いてえ」

翌日の体調は最悪だった。

自身のデスクでずきずきと痛む頭を抱えていたところ、横田が淹《い》れ立てのコーヒーを目の前に置いた。「どうぞ」

「おお、ありがと」

「二日酔いっすか」

「うん、昨日ちょっと大変でね……」

あの後、気分良く酔っ払った丹波になかなか解放してもらえず、二軒三軒と梯子《はしご》することになり、自宅に戻れたのは午前三時過ぎのことだった。

朝から疲れた顔をしている小津に、西がからかうように言う。「ジジイになると酒が抜けないって言いますよねぇ」

「お前だってすぐジジイになるんだからな」

「僕まだジジイまで四十年くらいありますし」

「そんなの一瞬だぞ。歳取ると時間が経つのもあっという間だから」

全員揃ったところで捜査会議を開いた。小津は丹波警部から聞き出した情報を共有した。

「問題？　被害者の大川家が、ですか？」

「そう。大川彩乃が中学生のときに、父親の忠が美佐子と再婚した。忠は当時からアルコール依存症で、会社をリストラされてからというもの働きもせず、おまけに酔うと家族に暴力を振るうＤＶ駄目親父だったらしい。さらに母親の美佐子はカルト宗教にハマってて、前の夫との離婚の原因もそれだったたって」

小津は手帳を開いた。話はすべてメモしておいたのだが、最後の方は自分も相当酔いが回っていたようで、書いてある文字が読めなかった。

「よくわかんないけど、なんとか様っていう神様を崇《あが》めて、なんとかを捧げることでなんとかな世界に行けるって信じてる連中らしい」

「何もわからん」西が首を傾げた。「もっとヒントください」

「たしか、自殺と堕胎をタブーとしてるんだったかな」

「そんな宗教、腐るほどありませんか?」

「とにかく、美佐子は教団にかなりの額を投げ銭してたらしいよ」

「いくらぐらい?」

「五、六百万かなあ」

「えっぐ」

「彩乃さんが稼いだバイト代も、勝手に使い込んでたって」

「経済的虐待ですか」

酷いな、と碓氷が眉根を寄せる。

「おまけに、母親の連れ子である義兄の大輔も、犯罪に絡んでる過去があったらしいぞ。強姦《ごうかん》事件の犯人グループと関わってたって」

「カルト宗教?」

西が前科者のデータベースを検索した。「大川大輔……記録にはないみたいですけど」

「大輔は脅されて見張り役をやらされていただけで、罪には問われなかったんだってさ。なんでも高校時代に虐めに遭っていて、不良生徒たちの言いなり状態だったらしい。ただ、そのときの体験が奴の性癖に影響を与えちまったみたいで、その後で何度か盗撮や覗《のぞ》き行為をやらかして問題になってる」

「家族全員ヤバい奴じゃないですか」

「そういうわけで丹波刑事曰く、被害者遺族の大川彩乃に聴取したとき、酷く悲しんでる様子はなかったらしい。家族のことや金子との関係について、彩乃は訊かれたことを淡々と話してたってさ」

気丈に振舞《ふるま》っているというよりも、身内の死を何とも思っていない感じだったと丹波は語っていた。

「家族にそんな問題があったのなら、マスコミが喜んで食いつきそうですけどね」

「それどころじゃなかったんだよ。その年の七月には世界が滅亡するって大騒ぎだったんだから。そっちの方が世間の興味を惹《ひ》けるだろうし。……まあ、結局ノストラダムスの予言は外れたわけだけど、その後に飛行機のハイジャック事件もあったし、マスコミも忙しかったんだ」

幸か不幸か、大川家の事件は早々に世間から忘れ去られてしまった。

丹波から得られた情報はこれくらいだ。「ともかく」と碓氷が声を張る。「彩乃さん本人に話を聞いた方がよさそうですね。今現在の居場所がわかればいいんですが」

「とっくに引っ越しちまってるだろうが、現場に行ってみるか。知り合いならまだ近所に住んでるだろうしな」

碓氷が頷き、出掛ける支度を始めた。

「そうそう、現場といえば」ふと、西が嬉々《きき》として声をあげた。「ちょっと見てくださいよ、これ」

言われるがまま、小津は西のパソコンを覗き込んだ。ゲーム画面のようなものが映し出されている。

「遊んでないで仕事しなさいよ」

「仕事ですって」西が口を尖らせて反論する。「当時の犯行現場の情報と、売りに出されたときの不動産広告の写真を元に、大川家の内部を再現してみたんですよ。見てください」

促され、小津は西の席に腰を下ろした。マウスで画面をクリックしてみると、いきなり『ＳＴＡＲＴ』という文字が中央に表示された。「おい、なんか始まったぞ」

「ゲームが始まりました」

「ゲーム？」

「ホラーゲームっぽくしたら、面白いかなって思って」

「なんでそんな不謹慎なことすんの」

呆れて溜息が出た。ゲーム制作が趣味だとは聞いていたが、まさか実際の殺人事件を元にこんなものを作るとは。こいつみたいなのが炎上するんだろうな、と思う。

物申したい気分ではあるが、相手の好きな物を否定してはいけないという香月の助言が頭を過った。頭ごなしに否定する前に、試しにやってみるか。「どれどれ」と小津はパソコンに向き直った。

「WASDで移動できます」

「わすど？」

「キーボードのWで前、Aで左、Dで右、Sで後ろです」

「……前に進めん」

「壁にぶつかってるから。マウスで視点を操作して」

「難しいなぁ……」

覚束《おぼつか》ない操作でゲームの中を歩き回る。築三、四十年の古い家だ。玄関から入って左側には畳のリビング。ダイニングキッチンには四人掛けのテーブルがある。廊下の先には階段があり、二階には三つの部屋がある。現場写真で見た大川家の内観とほとんど同じだった。「なかなかよく出来てると思いません？」と西が得意げに言う。

「確かによく出来てるけど……これ、勤務時間中に作ったの？」

そのときだった。画面の中に突然、刃物を持った男が現れた。驚き、思わず肩が跳ねてしまった。「びっくりしたぁ」と呟いている間に、その男が襲い掛かってきて、滅多刺しにされてしまった。画面が真っ赤に染まり、『GAME OVER』の文字が中央に表示されている。

「下手だなぁ、小津さん」

楽しげに笑う西に、むっと眉をひそめる。「もう一回」

「だから、マウスで視点動かしてって言ってるでしょ」

「わかってるわかってる」

「もう、壁にぶつかってるってば」

「なんか気分悪くなってきた」

「3D酔いですか。ジジイだもんなぁ」

「お前さっきから人のことジジイジジイ言いやがって……」小津は舌打ちし、西の机の上にあるアイドルグッズに手を伸ばした。彼の推しである園寺胡桃のアクリルスタンドを握り締めながら脅す。「こいつがどうなってもいいのか！」

「くるみんに手を出すなぁ！」

最年長と最年少の小競り合いを、碓氷が一喝した。「ちょっと小津さん、何遊んでるんですか！　聞き込み行きますよ！」

犯行現場となった大川家はとうの昔に取り壊され、跡地は月極《つきぎめ》駐車場に変わっていた。二十五年も経てば人も町も昔のままとはいかないだろうが、当時のことを知る者が今もまだ近くに住んでいるかもしれない。特に築年数が古そうな一軒家を重点的に回り、小津と碓氷は近隣住民への聞き込みを続けた。

「大川さんちの奥さん、変な宗教にハマってってねえ。私も何度か勧誘されたのよ」

大川邸跡地から五軒先に住む初老の女性がそう証言した。

「息子さんは引きこもりで、あまりいい話は聞かなかったねえ。高校を卒業してから働きもせず、ずっと家にいて。お向かいの山根《やまね》さん家に大学生のお嬢さんがいたんだけど、干していた下着が盗まれたって言ってて。大川さんとこの息子の仕業じゃないかって、町内会でも噂になったことがあったの」

「大川彩乃さんが今どこに住んでいるか、ご存じないですか？」

「さあねえ」

女性は首を捻った。

「……ああ、そうそう。この先にある、あの青い家」と、思い出したように通りの先を指差す。「あそこに彩乃ちゃんのお友達が住んでるの。高校時代の同級生だから、彼女なら知ってるかも」

小津は「助かります」と頭を下げた。

「ご協力ありがとうございました。もし何か思い出したことがあったら、いつでもご連絡を」別れ際に碓氷が名刺を渡した。

青い壁の一軒家を目指して歩く。

「父親の怒鳴り声が聞こえてきたという証言もありますし、大川家の家庭環境にはやはり問題があったみたいですね」

「だね」

さっそく同級生宅のインターフォンを押した。中から出てきたのは四十前後の男だった。彼は彩乃の同級生の弟で、「姉は結婚して今は練馬区《ねりまく》に住んでいる」と教えてくれた。連絡先を聞き出し、二人は車に乗り込んだ。

彩乃の旧友の名は吉田恵理子《よしだえりこ》というらしい。今はフロント係として品川にあるシティホテルに勤めているそうで、彼女の勤務先のロビーラウンジで落ち会うことになった。

「事件のことを知ったときは、本当に驚きました」

　当時を思い返し、吉田恵理子はそう切り出した。彩乃とは同じクラスで、近所に住んでいることもあり特に仲が良かったそうだ。高校を卒業してからは地方の大学に進学したため、それ以降はすっかり疎遠になっていた。大川家で起きた殺人事件についてもテレビの報道で知り、彩乃本人に連絡しても返事はなかった。

　このまま二度と顔を合わせることはないのだろうと思いきや、久々の再会は思わぬところで訪れたという。

「ただ、一度だけ……横浜《よこはま》で彩乃ちゃんに会ったんですよ」

「横浜？」

「ええ。ショッピングモールのおもちゃ売り場で、偶然ばったり会って。声を掛けたんです。『彩乃ちゃんだよね、久しぶり』って」

　今から十五、六年前のことだったと、彼女は付け加えた。

「そのとき、彩乃さんは一人でした？」

「いえ、子供と一緒でしたよ。結婚はしていなくて、シングルマザーだって言ってました。男の子で、背丈からして小学生くらいだったかなぁ。ゲームを買ってあげてたみたいで。『コウタ』って呼んでました」

　コウタ――小津は手帳に子供の名前を書き記した。

碓氷が質問を続ける。「彩乃さんから学生時代、ご家庭のことについて何か相談されませんでしたか？」

「……ええ、そうですね。あの頃、彩乃はお兄さんのことで悩んでました。勝手に部屋に入られたり、お風呂を覗かれたりするって」過去の記憶を思い返しながら、旧友は言い辛そうに付け加えた。「……あと、使用済みの生理用ナプキンを漁られたこともあったって」

それは酷い、と碓氷が顔を歪《ゆが》めた。

「義兄の大輔から、彩乃さんは日常的に性的な嫌がらせを受けていたんですね」

「そうみたいです」彼女は気の毒そうな顔で頷いた。それだけじゃなくて、と話を続ける。「体育の授業で体操服に着替えてたとき、彩乃の横腹に痣があるのを見てしまって、訊いたんですよ。それどうしたの、って。……そしたら彩乃、『お父さん酔ったら殴るから』って」

彩乃はそれでも学校を休むことなく、毎日ちゃんと登校していた。家にいるより学校にいた方がマシだと語っていたそうだ。

「毎日バイトが大変みたいで、授業中はよく居眠りしてました。自立するためにお金を貯《た》めていたみたいです。あんな家早く出て行きたいから、っていつも言っていました。このペースで働けば、数年後には自由になれるんだって、通帳を見せながら話してくれました」

彩乃について一通り話を聞いたところで、吉田恵理子と別れ、小津たちは車に乗り込んだ。

「父親からは暴力、母親からは経済的虐待、義兄からは性的嫌がらせか。地獄のような家庭環境だな」

「家族が殺されたことは、逆に都合がよかったのかもしれませんね」

彩乃は長い間、想像を絶する苦労をしてきたはずだ。彼女にとって金子はストーカーではあるが、見方によってはヒーローになり得るのかもしれない。

彩乃が学生の頃にバイトしていた飲食店も、卒業してから就職した工務店も、今はもう残ってはいなかった。念のため周辺でも聞き込みをしたが、たいした手掛かりは得られなかった。

本庁に戻ったところで、聞き込みの成果を班員に報告した。彩乃の行方《ゆくえ》について何か手がかりは得られたかと期待したのだが、西の表情を見る限りあまり芳しくないようだ。

「駄目でしたね。引っ越してはいるけど住所は本籍のままで、郵便物の転送届も出してない。夜逃げ同然みたいな感じです」

「携帯会社や銀行は当たってみたか？」

「どの会社使ってるかもわからないのに、片っ端から開示請求しまくれって言うんですか？」

「子供がいるなら、役所の出生届から追えるかもしれん」

「面倒くさいなぁ」

西が嫌そうな顔をする気持ちはわかる。今はもう警察手帳を見せれば個人情報を聞き出せる時代ではなく、書類で正式に申請し、相手からの回答を待たなければならないのだ。書面によるやり取りのため時間も手間も掛かる。それをひとつひとつ虱潰《しらみ》しに調べていくのが刑事の仕事なのだが、西は手っ取り早く楽に済ませたい性質のようで、「大川彩乃がSNSでもやってれば特定できるのになあ」とぼやいた。

「名前で検索してみたけど、それらしい人が出てこないんですよね」

「まあ、世代じゃないからなぁ」

彩乃は事件当時二十歳だった。現在は四十五歳、SNSに馴染みのある世代とはいえないだろう。

という小津の主張に、西が反論する。「いやいや、今時年寄りだってインスタくらいやってますって」

「……え、そうなの？」

「うちの母もやってますよ」碓氷が同意した。「バッグとか靴とか、新作買ったら写真に撮って自慢してますね」

「うちもやってるっすよ」横田が口を挟む。「お袋の彼氏、よく若い女の子にメッセージ送るんで。浮気してないか、お袋がいつもアカウント見張ってるっす」

「嫌な世界だなぁ……」

小津は眉をひそめた。そんな虚栄心と下心と疑心だらけの場所に、この歳で飛び込もうとは思えなかった。

「とにかく」と、話を戻す。「あんな事件に巻き込まれた過去のある人間が、ネット上に実名で個人情報を曝《さら》け出すわけがないでしょうが」

「一理ある」西が頷いた。

「彩乃さんはやってなくても」碓氷がふと思いつき、口を開いた。「息子の方はやってるかもしれませんよ」

「一理ある」西が再び頷いた。

「十五年くらい前に小学生だったってことは……今は大学生か、社会人か」

「コウタって呼んでたらしい。本当にシングルマザーだとしたら、フルネームは十中八九『大川コウタ』だろうな」

「どんな漢字ですかね？」

「夕の方は」碓氷はペンを手に取った。『太』とホワイトボードに書き記す。「これの可能性が高いでしょうけど」

幸太、鋼太、孝太——と考えられるだけのパターンをボードに書き出す。それをひとつひとつ調べていくとなるとなかなか骨が折れそうだが、西は手慣れた様子で次々と検索を進めていく。

「子供の名前ねえ……」子供を持ったことのない小津に名付けの経験はない。参考までに、部下たちに訊いてみることにした。「西、お前の名前の由来は？」

「好きなアイドルの名前から取ったって、母さんが言ってました」

ミーハーなところは母親譲りだな、と思わず笑ってしまった。

「横田は？」

「自分は、縁起のいい画数になるように付けたそうです」

「なるほど、姓名判断か」

「結局、母親離婚したし、その後フランス人と再婚して名字がアンドレに変わったんで、あんま意味なかったすけど」

「アンドレ？」

「アンドレ・陸也？」

「陸也・アンドレ？」

「うちは二重姓だったんで、横田・アンドレ・陸也っすね」

さらにそのフランス人とも後に離婚し、今は母親も息子も旧姓の横田に戻ったそうだ。どうやら彼の母親は恋多き女性らしい。

「碓氷は？」

「私は、父の名前が春彦《はるひこ》なので、その春という漢字を取って『椿《つばき》』に」

「父親の名前か……」

ふと、ひとつの漢字が小津の頭に浮かんだ。もしかして、と呟く。席を立ち、ペンを手に取ると、

「この字はどうだ？」

ホワイトボードに大きく『晃』と書き記した。

「晃太《こうた》？　探してみます」

西がフルネームを入力し、検索する。

しばらくして、

「……あ、コレっぽいかも。大川晃太、二十四歳」

同姓同名が並ぶ中に、それらしき人物を発見した。アカウントに上がっている写真をひとつひとつ確認していく。

「高校時代の写真も載ってる。画像検索してみます」

卒業式に撮影されたもののようだ。大川晃太というブレザー姿の青年が、卒業証書を片手に友人と記念撮影している。その写真を類似画像検索に掛けたところ、彼が着ているものが、神奈川県のとある公立校の制服と同じデザインだということが判明した。

「母親の誕生日に初めてのバイト代でプレゼント買ったって、写真上げてますよ。今まで女手一つで育ててもらったから、これからたくさん親孝行したいって」

「いい息子じゃないか」

「投稿日は?」

「九月五日」

「彩乃さんの生年月日、捜査資料によると一九七九年の九月五日ですね」

「これは決まりかもな」

便利なものだと小津は思った。たしかに捜査の手間を省けることは助かるが、こうも簡単に個人情報が突き止められてしまうSNSの恐ろしさを改めて痛感する。

「小津さん、なんでこの漢字だと思ったんすか」

という横田の質問に、

「金子晃斗から取ったのかなって」小津はホワイトボードに視線を向け、そこに貼りつけられた金子の顔写真を指差した。

「え、ちょっと待って」西がパソコンから顔を上げる。「大川彩乃は、金子死刑囚の子供を妊娠してたってこと？」

「ありえない話じゃないだろ。付き合ってたんだから」

「二十四歳ってことは、ちょうど事件の前にできた子供か」

「彩乃さんが本当に晃太と名付けたんだとしたら……話が変わってきません？」

「まあ、そうなるな」

小津は頷いた。

普通なら、家族を殺したストーカー男を連想させるような名前を、大事な我が子に付けるわけがない。

「大川彩乃が金子に頼んで家族を殺させた、殺人教唆《きょうさ》の線も考えられる。とはいえ、あれこれ邪推したところで埒《らち》が明かんから、とにかく本人に話を聞いてみるしかないな」

「西のアカウントから大川晃太にＤＭ送ってみたら？」碓氷がからかうような口調で言う。「警察ですがちょっとお話よろしいですか、って」

「警察って信じてもらえるわけないでしょ。僕のアカウント、くるみんのことしか書いてないいんだから」

「ブロックされて終わりだろうね」

「でも、これだけ写真載せてたら個人情報ダダ漏れなんで。どこに住んでるかくらいは簡単に特定できますよ」

豪語する西に感心する。「まさか、お前のストーキング技術がこんなところで役に立つとは」

そこからの彼は水を得た魚のように生き生きとしていた。載っている写真を調べるだけでなく、一緒に写っている友人のアカウントまで辿《たど》っていく。

「高校卒業後は、都内の大学に進学してます。ほら、入学式のときの写真の背景に大学名が写り込んでる。相互フォローの友人の中にも、この大学の卒業生が圧倒的に多いです」

「ってことは、大学の教務課に問い合わせたら、保護者の名前と卒業後の住所がわかるんじゃないの？」

「たしかに」

「あー、教務課もう閉まってますね」

小津は腕時計を見遣《みや》った。時刻は十七時を過ぎていた。この大学の窓口は十六時五十分までらしい。「明日から連休だから、回答は来週になるか」

「見てください、この投稿」

西が画面を指差した。

「今年の正月に高校の同窓会があったみたいです。場所は同級生が経営しているイタリアンの店だって」

「この店の名前、わかるか？」

「ハッシュタグに書いてあります」

西が店名を検索した。ホームページはないが、グルメサイトには載っていた。住所を控え、小津は駐車場へと向かった。


同級生だという飲食店の経営者に仲介してもらい、大川晃太の連絡先を聞き出すことができた。勤め先に赴いて聴取したところ、彼はやはり彩乃の息子だった。警察だと名乗った小津たちに、当人は素直に身元を認め、母親の現住所を教えてくれた。

彩乃は神奈川にある古いアパートに住んでいて、今はパート従業員としてスーパーで働いているそうだ。部屋のインターフォンを押すと、恐る恐るといった様子で住人が扉を開けた。化粧っ気がなく、白髪の目立つボサボサの髪の毛をひとつに結んだその女性は、実年齢より十歳ほど老けて見えた。

二十五年ぶりの警察の訪問に彩乃は驚きつつも、いつかこんな日が訪れることを心のどこかで予感していたような、そんな複雑な表情を浮かべていた。招き入れられたアパートの部屋は狭い1Kで、息子が大学進学してからはずっと独りでここに住んでいるという。

当時の事件について話を聞かせてくれと頼むと、彼女は急須に湯を注ぎながら「今さらお話しできることはありませんが」と素っ気なく返した。

「金子死刑囚と面会してきました」

碓氷がそう告げた瞬間、彩乃は微かに息を呑んだ。

「……そうですか」

しばらくしてから、「あの人、何か言ってました？」と、彩乃は抑揚の乏しい声色で尋ねた。表情は冷たいが、家族の命を奪った男への憎しみは感じられなかった。

「当時のことは、後悔していないと。死んで当然の連中だったと。そう言っていました」

茶を淹れていた彩乃の手がぴたりと止まった。

俯《うつむ》き、黙り込む彩乃に、碓氷が続ける。

「金子さんは、あなたのために殺したんですね」

急須を持つ彩乃の手が震え始めた。

「あなたには家族を殺す動機はあるが、犯行時刻は職場に出勤していてアリバイがあった。金子さんはあなたに疑いが向かないよう、あえてあなたが不在の時間帯を狙って犯行に及んだ。そうですよね？」

問い詰める碓氷に対し、彩乃は俯いたまま顔を上げなかった。堪《こら》えていた感情が一気に溢《あふ》れ出したのか、やがて彼女の目からは涙が零れ落ち、手元を濡《ぬ》らした。

沈黙が続いた。彩乃は声もあげずに泣いていた。小津たちは何も言わず、ただ彼女の言葉を待ち続けた。

しばらく経ったところで、彩乃は涙を拭いながら重い口を開いた。二十五年前の真相について最初に零した一言は、「まさか、あんなことになるとは思わなかった」というものだった。

「あの家を出たくて、高校生の頃から、五年かけてお金を貯めていたんです。ようやく目標額に到達するという頃に……その貯金が、気付いたら全部なくなっていて」

「美佐子さんの仕業ですか」

「はい。教団のお布施《ふせ》に充《あ》てられていました。そのとき、自分の中に今まで溜《た》まっていたものが、一気に爆発したんです。ずっと頑張って耐えてきたけど、もう限界だと思った。自棄《やけ》になってしまったというか、人生がどうでもよくなっちゃって」

殺してやろうと思った、と彩乃は告げた。美佐子も、他の二人も、自分を苦しめる家族全員を殺してやろうと。

「だけど、すんでのところで勇気が出なくて……」

家族全員が寝静まった頃、憎しみに身を任せてキッチンの包丁を握ったが、手の震えが止まらなかった。それ以上のことはできなかったと、彩乃は当時を振り返りながら語った。

「そのことを、晃斗くんに話しました。あいつらを殺そうとしたけどできなかったって。これまで家族にどんなことをされてきたか、全部打ち明けました。……妊娠したことも」

その翌日から、金子と連絡が取れなくなったという。

「何度も電話したけど、出てくれなくて。たぶん妊娠したせいで嫌われたんだろうなって、もう会いたくないって思われたんだろうなって、諦めていたんです」

そして、そのおよそ一週間後に例の事件は起こった。

「彼のストーカー行為は、あなたに疑いが向かないようにするための、偽装工作だったんですね」

金子はフラれた腹いせにストーカー行為をしていたわけではなかった。そう見せかけるためにネットに嘘の情報を書き込み、わざと目立つように近所を徘徊していたのだろう。彩乃が警察に相談しなかったことも、大川家の玄関が不用心に開いていたことも、すべて辻褄《つじつま》が合う。

「私のせいなんです。あの日、晃斗くんに相談したときに、私が言ったから。『あいつら全員いなくなればいいのに、あいつらが死ねば幸せになれるのに』って。……私があんなこと言わなければ、晃斗くんは人殺しにならなかった。そう思ったら、警察にも言い出せなくて……」

言い出せないまま、捜査は終了した。そのことを彩乃は、この二十五年間ずっと後悔していたという。

「晃斗くんにすべてを押し付けて、私は逃げてしまったんです」

金子は自身の意思で三人を殺害している。仮に本当の動機が明らかになっていたとしても、情状酌量の余地はあれど、判決に影響があるとは思えない。彩乃の発言も殺人教唆には当たらないだろう。

だが、自分が黙っていたことで、恋人を残虐な殺人鬼に仕立て上げてしまったという罪悪感は、長年彼女を苦しめ続けてきた。

「……頼みを聞いてもらえませんか」すべてを打ち明けたところで、彩乃は顔を上げた。「晃斗くんに、伝えてほしいことがあるんです」

彼女は真っ直ぐにこちらを見据え、震える声で告げた。

金子への伝言を預かったところで、小津と碓氷は彩乃のアパートを出た。車に乗り込みながら小津は呟いた。「金子はストーカーじゃなくて、彼女にとってはヒーローだったんだな」

道理で後悔も反省もしていないはずだ。あいつらが悪いという金子の発言にも納得がいく。

「だったら何故、そう警察に証言しなかったんでしょうか」碓氷が首を捻る。「彼女のために殺したって正直に言ったところで、今回のケースでは彩乃さんが罪に問われることはないですよね」

それでも、金子は本当の動機を隠し通した。この二十五年間ずっと。その真意は当事者にしかわからない。自分たちは、ただ推測することしかできない。

「彩乃さんをマスコミや世間から守るためですかね。余計なバッシングに遭わないように、とか」

碓氷は難しい顔で考え込んでいる。

ふと、横田の言葉を思い出した。

「……勝手にやったことだから」

頭に過ったあの一言を、小津は呟いた。答えは意外とシンプルなものなのかもしれない。

「頼まれてもいないことだから、言う必要はないと思ったんじゃないかな」

「彩乃さんから伝言を預かっています」

面会室に現れた金子死刑囚に、小津は告げた。彩乃の名前を出した途端に彼の顔が僅かに強張ったのが、アクリル板越しでも十分に見て取れた。

「『あいつらを殺してくれて、ありがとう』――そう伝えてくれと仰《おつしや》ってました」

その瞬間、金子の表情が歪んだ。

唇を噛み締め、肩を震わせている男に、小津は問いかけた。

「あなたは彼女のために、あの家族を殺したんですね」

違う、と金子が激しく首を振る。

「あの女は関係ない、俺が殺したかったから――」

「彩乃さんが罪に問われることはありません。この事実が世間に公表されることもないし、あなたの罪が今更軽くなるわけでもない。ただ、我々は真実が知りたいだけなんです。……話していただけませんか」

俯く金子に、隣の碓氷がそっと声を掛けた。「金子さん、あなたはストーカーなんかじゃない。そうですよね？」

死刑確定囚の捜査など無意味だと、今さら調べ直して何になるんだと、小津も最初は否定的に捉えていた。だが、目の前で必死に涙を堪えている金子の姿に、考えを改めざるを得ない。今だからこそ出てくる事実というのも、あるのかもしれないと。

金子は二十五年越しに重い口を開いた。

「……助けたかったんです、あいつを」

彼女がこれ以上苦しまないように、金子はその家族を殺害した。別れた恋人に不条理に家族の命を奪われたという、完璧な悲劇のヒロインに仕立て上げるために、自身は悪役に徹して。

「彼女だけが、俺に優しくしてくれたから……前科がある俺に、彩乃だけが普通に接してくれたんです。『うちの兄も警察沙汰になったことがあるから、周りに白い目で見られる気持ちがよくわかる』って」

孤独で不遇な人生を送っていた金子にとって、彩乃という存在はこの上なく大きな心の拠り所だったのだろう。孤独な日々にふと温かい存在が現れると、人はそれに強く依存してしまうものだ。小津には彼の心情が痛いほど理解できた。かつて自分自身もそうであったから。

「俺の人生は、どうせ終わってるから」

金子が自嘲した。細められた目尻から涙が零れ落ち、頬を伝っていく。

「前科者で、学も仕事もなくて、将来に希望なんかない。だったらこの命を、彩乃の幸せのために使うべきだと思った。あいつのおかげで、俺は生まれて初めて……人生が幸せだと思えたから」

彼女から受け取った幸福に、金子は強い恩義を抱いていた。自分の人生を犠牲にして彼女を地獄から救うことで、その恩を返したかったのだろう。家族が死ねば幸せになれるという彼女の心の叫びが、その引き金となってしまった。

「……ありがとうございます、刑事さん」

涙を拭い、金子は深く頭を下げた。

「自分は世間から、クズで最低な犯罪者だと言われてきました。マスコミに袋叩きにされて、人格のすべてを否定されて。……だけど、そうではないということを、こうして誰かに知ってもらえただけで、嬉《うれ》しいです」

金子は曇りのない笑顔で告げた。

「これで、心置きなく死ねます」

死刑囚という肩書きが似合わない、穏やかで優しい微笑みだった。犯した罪からすれば当然のことなのだが、この男が絞首台に上がるのかと思うと、何とも言えないやるせなさが心に芽生えてしまう。

「彩乃は、元気にしてましたか？」

金子が尋ねた。

「ええ」小津は頷いた。「息子さんも立派に育っていますよ」

その瞬間、

「……息子？」

不意に金子が目を見開いた。

「はい。彩乃さんには息子がいるんです。今年二十五歳で」

「え――」

まさか、という表情を浮かべる金子に、小津は告げた。

「たった独りで産み育てて、苦労も多かったでしょう。息子の名前は、晃太というそうです。あなたの名前と同じ『晃』の字です」

人生を犠牲にしてまで自分を救ってくれた男の名を、彩乃はこの二十五年間、片時も忘れたことはなかっただろう。大事な一人息子を育てながら、常に胸に刻んでいたに違いない。

面会室に、金子の激しい嗚咽《おえつ》が響き渡った。


死刑囚の罪が軽くなるわけでも、何かが変わるわけでもない。けれども、金子の笑顔や涙を目の当たりにして、小津は考えを改めた。我々の仕事も、あながち意味がないとは言えないかもしれないと。

これで金子死刑囚に関する再捜査は終了した。あとは捜査結果をまとめて上に報告するだけだ。

「誰か報告書作っといて」

部下に声を掛けたが、誰も返事をしなかった。

「横田」

「自分、活字下手なんで。報告書書くの苦手で」

「苦手なこともこれから頑張ろうね？」仕方なく、カタカタとキーボードを叩いている男に視線を向ける。「じゃあ、西」

「僕、今ちょっと忙しいんで」

「忙しいって何よ」

「そうそう、小津さん」西が手招きした。「こっち来て、テストプレイやってみて」

「お前、またゲーム作ってんの？」

勤務中に遊ぶなと注意しようとしたが、自分が前の職場でいつもソリティアで遊んでいたことを思い出し、小津は口を噤《つぐ》んだ。

「こないだ作ったやつを改良して、ステルス系のホラゲにしてみたんですよ」

何を言っているのかさっぱりわからなかったが、小津は「どれどれ」と西の席に腰を下ろした。

「一人称視点で、このナイフ持ってる手が自分です。この建物の中にいる全員を殺せたらクリアです」

操作方法は前作と同じようだが、ルールは逆だった。逃げる人間を捕まえ、ナイフで滅多刺しにしないといけないらしい。嫌なゲームだな、と小津は顔をしかめた。

「てか、お前これ……大川家じゃん」

「あのマップ出来が良かったんで、使い回しました」

「また不謹慎なもん作りやがって……」

実際に起こった事件をゲームにするだけでも眉をひそめたくなるのに、その被害者宅を模した場所で人を殺して遊ぶなんて。不謹慎極まりない。絶対世に出すなよ、と小津は釘を刺した。

Wを押して前に進み、とりあえず二階に向かう。ひとつひとつ部屋を確認する。中にいた人物にカーソルを合わせてマウスをクリックすると、画面の中のナイフを持つ手が激しく動き、相手を数回刺した。人物の造形も血が噴き出る描写も粗めで、リアリティは欠けるが、個人で作ったにしてはなかなかの出来だと思う。

目の前の標的が倒れたところで、いきなり画面に『GAME　OVER』の血文字が表示された。うまくいっていたはずなのに。納得がいかない。

「なんでゲームオーバーなの」

「一人脱出したから」西が答えた。「逃げられないように出入り口を塞ぐとか、いろいろ攻略が必要なんですすよ」

「難易度高くない？」

「アンドレ先輩は一発クリアでしたよ。さすが元軍人ですよね」

「まずは一階にいる人間から殺した方がいいっすよ」向かいの席の横田から助言が飛んできた。「警察に通報されたらアウトなんで」

「二階から殺すと、物音で気付かれて通報されるんですよ。先に一階の電話線を切っておかないと」

「……警察官の会話とは思えんな」

呆れながら呟いたところで、離席していた碓氷が戻ってきた。「なに遊んでるんですか」と叱られてしまい、小津たちは各々仕事に戻った。

「じゃあ、報告書は当番制にするね。今回は俺がやるから、次回は碓氷で」

小津は書類仕事に取り掛かった。再び机の上に捜査資料を広げ、供述調書を読み返す。

金子は鍵が開いていた玄関から侵入し、最初に二階の彩乃の部屋へ。彩乃が仕事で不在だったため、隣の部屋の兄・大輔を殺害——当時の資料にはそう書いてあるが、金子は最初から家族だけを殺すつもりで、二階にいる兄の元へと向かったというのが正しい。事実と異なる点を報告書に書き記しておいた。

——まずは一階にいる人間から殺した方がいいですよ。

不意に、先刻の横田の言葉が頭を過った。キーボードを叩いていた指がぴたりと止まる。

「西」

「はぁい？」

「大川家の間取り図、持ってるんだよな？」

「持ってますけど。送りましょうか」

「頼む」

ゲーム作りのために集めたという現場資料が西から届いた。大川家の詳しい間取りが載っている。あの家は事件後しばらくしてリフォームされ、売りに出されていたようだ。結局買い手が付かず取り壊され、跡地は駐車場になってしまったが。

元々の大川家の間取りは、廊下とリビングが襖《ふすま》一枚挟んだ隣り合わせにある。現場写真によると、事件当時この襖はすべて開けっ広げになっていた。だとすると、金子が大川家に侵入して真っ先に目に入るのは、テレビの前で居眠りしていた忠である。

妙だと思った。金子は全員を殺害するつもりでいた。だったらまずは、一階にいる目についた人間から殺すはずではないだろうか。階段を上がる足音で侵入に気付かれる可能性もあるし、万が一上の階で大輔と揉《も》み合いにでもなったら、物音も響くだろう。

それなのに、金子はすぐ傍《そば》にいる忠たちに気付かれないよう忍び足で廊下を進み、慎重に階段を上がり、二階にいた大輔を真っ先に殺害したことになる。死体の検分では大輔は十五箇所、美佐子は三箇所、忠は六箇所を刺されていた。

「本当に、兄から殺したのか……？」

頭に浮かんだ疑問を小声で呟く。

捜査資料の中から遺体写真を引っ張り出し、小津は凝視した。大輔の遺体は他の二人と比べても酷い有様だ。上下白色のスウェットが真っ赤に染まっている。

――滅多刺しが必ずしも憎しみによるものとは限らないから。相手を恐れるあまりに過剰に攻撃してしまうケースもある。

たしかに碓氷の見解は正しい。だが、この大輔の遺体からは、他の二体にはない強い憎しみを感じるように思えてならなかった。

何かが引っかかる。

これまでの捜査で得た情報を、小津は片っ端から反芻《はんすう》した。

『大輔は脅されて見張り役をやらされていただけで、罪には問われなかったんだってさ。なんでも高校時代に虐めに遭っていて、不良生徒の言いなり状態だったらしい。

ただ、そのときの体験が奴の性癖に影響を与えちまったみたいで、その後で何度か盗撮や覗き行為をやらかして問題になってる』

大輔には性犯罪歴があった。

『あの頃、彩乃はお兄さんのことで悩んでました。勝手に部屋に入られたり、お風呂を覗かれたりするって』

彩乃は大輔から日常的に性的な嫌がらせを受けていた。

もしかしたら、そのことを恋人の金子にも相談していたのかもしれない。それが金子の大輔に対する恨みを掻き立てる要因になったとも考えられる。

報告書に視線を戻し、続きを書き記す。ネットの掲示板の書き込みについても訂正しなければならない。『あの女ゆるさねえ』『クソビッチが』『他の男とヤッてた』『今からあいつの家に行って全員殺してやる』――これらの誹謗中傷は、すべて金子による偽装であったと、キーボードを叩いて文字を入力する。

そこで、またもや小津の手は止まった。

「……まさか」

すべてが繋がったような気がした。

気付いてはいけないことに気付いてしまった、そんな嫌な予感に襲われる。

認めたくなかった。この悲劇的な事件の中に、さらなる悲劇が隠されているということを。いや、そんなことはあり得ない、あるはずがない。馬鹿げた想像だと心の中で否定する。

「どうかしました、小津さん」

碓氷が怪訝そうに声を掛けてきた。

班員が皆、こちらに視線を向けている。

「あ、いや……なんでもない」小津は首を振った。

こんなの、邪推もいいところだ。これ以上この件に深入りするべきではない。

「無事に一仕事終わったことだし、打ち上げしようよ」気を取り直し、小津は笑顔で部下を誘った。「七時に、あの居酒屋集合ね」


「……ま、誰も来ないよな」

小津は溜息交じりに呟き、居酒屋のカウンター席で独り寂しくビールを呷った。

こうなることはわかりきっていた。誘われた部下の反応は芳しくなかった。西にいたっては「行けたら行きまぁす」の一言で、見るからに行く気のない態度だった。

ところが、二杯目のグラスを空にした頃、予想外の人物が現れた。「お待たせしてすみません」と声を掛けてきたのは、最も来る可能性が低いだろうと踏んでいた碓氷だった。

「おお、来たの」隣の椅子に置いていた鞄を退け、席を勧める。「何飲む？　あ、ノンアルもあるよ」

メニュー表を手渡すと、碓氷は即答した。「じゃあ、焼酎。ロックで」

意外と飲めるタイプなのか、と内心驚く。

「イカの塩辛と……あと、あん肝も注文していいですか」

「お嬢様もそんなの食べるんだ」

「小津さん、それ偏見ですよ」

「たしかに、ごめん。おじさんは偏見の塊だから。……っていうのも偏見か」

以後気を付けます、と頭を下げる。

それにしても、いつぶりだろうか。こんな風に部下と酒を酌み交わすのは。

懐かしい気分になり、それと同時に締め付けられるような痛みが胸に走った。こういうときは否が応でも織部のことを思い出してしまう。可愛がっていた相棒はいつも嫌な顔ひとつせず小津に付き合ってくれて、場末の大衆居酒屋でよく飲み明かしたものだった。

あいつは酒が弱くて、だいたいビール一杯で赤ら顔になっていたっけ。

「――小津さん」

過去の思い出に浸る小津の意識を、碓氷の澄んだ声が引き戻した。

「先日は、ありがとうございました」

「え？　俺、何かしたっけ？」

「ほら、八王子北署の」

「ああ」思い出し、笑い飛ばす。「礼を言われるほどのことじゃないよ」

「正直、助かりました」碓氷は前を向いたまま告げた。「所轄にいた新人の頃は、上司や先輩の命令で、行きたくもない酒の席に無理やり駆り出されることもあって」

「昔から変わんないなぁ、警察《ウチ》のそういう体質」

男社会の体育会系。昭和の悪い部分が未だに残り続けている。

「刑事部の香月部長もさ、若い頃からすっごい美人で、そりゃもうセクハラが酷くて大変だったんだよ」

お通しの枝豆を口の中に放り込み、小津は言葉を続けた。

「女性が上に立つのを良く思わない連中が多くてね。根も葉もない噂を流したり、スキャンダルをでっち上げたりして、出世レースから脱落させようとする輩もいた」

「馬鹿げてますね」碓氷が吐き捨てるように言う。「人の足を引っ張るより、他にやるべきことがあるでしょうに」

「ほんとにね」

「そういう意味では、今の班は楽ですね」

「皆、出世コースから大幅に外れてるもんね。誰も羨むこともないし、やっかまれる心配もない」

墓場だから、と言うと、碓氷は一笑した。

「でも、異動してよかったと思ってます。やりがいもあって、仕事も面白いですし。金子の件で身に染みました。私たちは事件を調べるというより、一人の人間を調べる仕事をしているんだなって」

「たしかに、言えてる」

グラスの中身を一口呷り、碓氷は苦笑を浮かべた。「……私、一課にいた頃は腫れ物のような扱いでした。家が大企業だからって、周囲に一線引かれているというか。中には露骨に媚《こ》びてくる人もいるんですけど、そういう人に限ってコネ入庁だのコネ出世だの、裏で私のこと悪く言ってるんですよ」

「いるよなあ、そういう奴」

だし巻き卵をつまみながら小津は相槌《あいづち》を打った。

「西も横田さんも、懲戒食らってるし、良い警官とは言えないかもしれないけど、そういう陰湿な部分がないから助かるというか……まあ、西がお嬢様ネタでイジってくるのは、たまに腹立ちますけど」

「わかる。俺もジジイってずっと言われてる。あれ立派なハラスメントだよね」

とはいえ、碓氷も本気で嫌がっているわけではないらしい。「いつかくるみんのアクスタへし折ってやる」と笑っていた。案外仲良くしているようだ。

いくつか追加の料理が運ばれてきたところで、

「──あの、小津さん」

碓氷が真剣な声色で切り出した。

「どうした？」

「金子死刑囚の件で、何か引っかかってることがあるんじゃないですか？」

黙ったまま眉をひそめると、碓氷は「先程、考え込んでる顔をされていたので」と付け加えた。

正直、言うべきかどうか、迷った。このまま自分の胸の内に秘めておくべきなのではないかという思いもあった。触れてはいけない、そっとしておくべきかもしれないと。特に、若い女性に話すようなことではないだろう。

しかしながら、碓氷は立派な刑事だ。ここ数日、共に捜査をして彼女の人となりはよく理解できた。箱入りのお嬢様とは思えないタフさと根性がある。

だから、打ち明けることにした。

「……もしかしたら俺は、とてつもなく残酷なことを、金子に伝えてしまったのかもしれない」

「え？　どういうことです？」

「いや、これは単なる推測なんだけどさ」

そう前置きして、小津は懐を漁った。スーツの上着から携帯端末を取り出し、一枚の画像を画面に表示させる。

「この写真」

と、端末を碓氷の前に置いた。碓氷が画面を覗き込む。

「彩乃さんの息子さんですか」

本人のアカウントに投稿されていた一枚だ。大川晃太が友人とカメラに向かってピースサインをしている。

「うん。――で、これが義兄の大川大輔」

小津は鞄の中にある捜査資料から、大輔の顔写真を取り出した。二つの写真を並べるように置き、碓氷の意見を仰ぐ。

「……どう思う？」

こちらの意図に気付いたようで、碓氷ははっと息を呑んだ。「まさか――」

「そう」

似ているのだ、二人の顔が。

一重の目元に、薄い唇。鋭くとがった顎。大川晃太の顔立ちは金子晃斗よりも、大川大輔にそっくりだった。

だが、晃太の母親である彩乃と大輔は連れ子同士で、血の繋がりはない。

つまり、大輔と晃太にも血縁関係はないはずだが。

「もし仮に、父親が金子じゃなかったとしたら」

大輔の性的な嫌がらせがエスカレートし、彩乃に手を出していたとしたら。掲示板に残された『他の男とヤッてた』という金子の書き込みが、虚偽ではなく事実だったとしたら。

「大事な恋人が襲われていたと知ったら、金子も許せなかっただろう。大輔の遺体が最も激しく殺傷されていたことにも、説明がつく」

殺害の順番が最初だったのか最後だったのかはわからない。だが、大輔の遺体の十五箇所にも及ぶ傷は、金子の強い恨みによるものとしか思えなかった。

碓氷は絶句していた。

「……殺してやりたいほど憎んでいた男の子供を、彩乃さんは二十五年間ずっと、産み育ててきたということですか」

なんて残酷な話だろうか。小津は嘆息した。

「母親が中絶に強く反対したのかもしれない。美佐子がハマっていたカルト教団は堕胎を良しとしない決まりだった。堕《お》ろせば地獄に落ちるって脅されたかもな。もしくは、妊娠に気付いたときには既に堕ろすことのできない時期だったか。……いずれにせよ、手術費用は手元にはなかった」

「美佐子に貯金を使い込まれていましたからね」

「ああ」

小津は頷いた。

金子との面会を思い返し、溜息を吐く。「……てっきり、嬉しくて泣いてるんだと思ってたよ」

あのとき、金子は涙を流していた。声をあげて号泣していた。あの涙は喜びの涙だと思っていた。彩乃が、自分との間にできた子供を大事に育てていることに対し、感極まっているのだと。

しかしながらそれは、こちらの都合のよい解釈に過ぎない。あの涙は、金子の悲しみや憎しみが零れ落ちたものだったのかもしれない。今となっては、憎い男の子供を身籠り、一生あの家族の呪いを背負いながら生きていかなければならない彼女を悼むような、そんな涙だったように思えてならなかった。

万が一、この自分の推察が正しかったとしたら。何とも言えない後味の悪さがせり上がってくる。

「真相がどうであれ、それを確かめることはできない。確かめてはいけない」

「そうですね」碓氷が頷く。「訊けるわけがない、彩乃さんに」

あなたの子供は義理の兄にレイプされてできた子なんですか――そんな残酷な質問をぶつけていいはずがない。

「ただの俺の妄想だ。忘れてくれ」

小津は首を振った。

「もう一杯、頼んでいいですか」

焼酎を飲み干した碓氷が言った。

たしかに今は、酒に頼りたい気分だった。「俺も」


翌週。面会室の椅子に腰を下ろし、小津はその男が現れるのを待っていた。

拘置所を訪れることにはすっかり慣れてしまったが、今日ばかりは少し緊張を覚えた。そわそわした気持ちで待機していたところ、やがて面会室の扉が開き、看守に連れられて一人の男が入ってきた。

東京拘置所に収容されているのは死刑確定囚だけではない。事件の被疑者や裁判の被告人といった未決囚、さらには懲役刑が確定した受刑者の一部もここで暮らしている。受刑者は本来、裁判を終えると服役のために刑務所へと移送されるものだが、中にはこのまま拘置所で過ごす者もいた。刑務作業として独房の掃除や配膳など、刑務官の手伝いをする『衛生係』と呼ばれる受刑囚である。

面会室に現れたこの男も、ここで衛生係として働き、罪を償っている最中だ。罪状は殺人、死体損壊、死体遺棄、自動車運転致傷に窃盗と数が多い。初犯だが、刑期は懲役十五年。

最後に彼と会ったのは警視庁の取調室だった。もう二度と顔を見ることはないだろうと思っていた。相手の男も同じように考えていたようで、驚いた表情を浮かべている。

「お久しぶりです、小津さん」

「十年ぶりか。あの時は悪かったな、殴って」

謝罪を告げると、相手は首を振った。「気にしないでください。それだけのことをしましたから」

「元気そうだな」

「おかげさまで」

「拘置所の暮らしはどうだ?」

「快適ですよ」男は笑った。当時と少しも変わらない、人懐っこい笑みだった。「規則正しい生活です。飯も三食出てくるし」

「最近の学校給食より良いもん食ってるよな、お前ら」

独房で生活しているとは思えないほど、男は健康的な見た目をしていた。昔と違い頭は坊主に丸めているが、体つきは以前よりもがっしりとした印象である。囚人というよりもまるで自衛官のような雰囲気だった。

「少しデカくなったな、体」

「暇なときはやることないんで、筋トレばっかりしてます。外には運動場もありますし。まあ、運動場って言っても、兎《うさぎ》小屋みたいな狭いスペースですけど」

体だけではない、顔も若々しく見える。今は四十半ばだというのに、肌艶も顔色も良い。

「楽しそうで何よりだよ」

予想を裏切られた気分だった。罪を犯して服役しているのだから、もっと不健康そうで、下を向いて、背中を丸めて生きているものだと思っていた。

「真面目にやってるらしいな。衛生夫に選ばれてんだって？　毎日どんなことやってんだ？」

「食事運んだり、掃除したり。理容師免許を持ってるので、たまに囚人の散髪も担当してます」

「そういや、お前の実家、理髪店だったな」

「ところで、今日はどうしたんですか」世間話を切り上げ、男は本題に入った。「こんなところに来るなんて」

「まあ、ちょっとお前に訊きたいことがあって」

「何です？」

小津は椅子から身を乗り出し、低い声で尋ねた。「お前、何か隠してることがあるんじゃないか？」

小津の質問を、男は笑い飛ばした。「どうしたんですか、急に」

「質問してんのは俺だ」

「隠してるって言われても、いったい何のことです」

「決まってんだろ、お前がやった殺しのことだよ」

十年前に起こったバラバラ殺人事件。それがこの男の犯行であることは紛れもない事実だ。本人も全面的に起訴内容を認めている。

けれども、もし何かしら見逃している事実があるならば、知っておきたかった。金子死刑囚のように、隠している真実があるのではないかという考えが、心に芽生えてしまった。

だから、確かめたくて、ここに来た。

「あの事件について、俺たちに話してないことが、何かあるんじゃないか？」

小津の問いかけに、男は黙っていた。ただ惚《とぼ》けた顔で首を捻っている。

もしかすると、本当に話すことなどないのかもしれない。こちらが勝手に、何か隠しているのではないか、話せない事情を抱えているのではないかと、一縷《いちる》の望みを抱いてしまっているだけで。

「話してくれよ」

透明の板の向こう側にいる相手を見据え、小津はかつての相棒の名を呼んだ。

「なあ、織部」

第二話

辻森正之死刑確定囚（二〇〇七年　東京・埼玉連続強盗殺人事件）

病原性大腸菌O－157による集団食中毒が世間を騒がせていた平成八年六月、都内のカラオケ店にて婦女暴行事件が発生した。辻森正之《つじもりまさゆき》（当時十九歳）は高校時代の友人数名と共謀し、ドリンクを届けに来た女性店員を部屋の中に引きずり込むと、性的暴行を働いた。助けを求める女性の叫び声は、爆音で流れる当時の流行曲に掻き消されてしまった。女性は抵抗した際に全身を激しく殴打され、全治三か月の怪我を負い、事件のショックから自殺を図っている。辻森は当時まだ未成年であったために減刑され、判決は懲役三年、執行猶予五年という生易しいものであった。

辻森にはこれまでに多くの余罪があったと見られており、さらにこの一件以降も同様の事件を繰り返している。あるときは携帯電話で被害者女性の裸を撮影し、「警察に言えば写メールでばら撒《ま》く」と脅していたようだ。女性は泣き寝入りするしかなかった。

成人してからというもの、辻森はろくに働きもせずギャンブルやブランド物に大金をつぎ込むようになり、ついには友人が経営する闇金から借金をするまでに至った。多額の負債を抱え、返済を迫られて焦った辻森は闇サイトの掲示板を利用して二人の仲間を集め、強盗の計画を立てた。二〇〇七年五月のことである。狙われたのは何の罪もない、無関係の通行人の男性だった。

三人は男性を拉致し、暴行した。現金を奪うだけでなく、拷問を加えてキャッシュカードの暗証番号を聞き出した。「顔を見られたから殺した方がいい」と言い出したのは辻森だったという。首を絞めて殺害し、遺体は埼玉《さいたま》の山中に遺棄した。その後、彼らは再び同様の事件を起こしている。

犯行が発覚したきっかけは、共犯者の一人が辻森の暴力性を恐れ、警察に駆け込んだことだった。すべてを自白した共犯者は、取調室で「次は自分が殺される番だと思った」と語っている。

主犯格の辻森には一審で死刑判決が下されたが、彼はその後すぐに控訴した。最高裁まで争い死刑が確定しているが、現在も再審請求中である。共犯の二人はそれぞれ無期懲役と懲役十三年の判決。両者とも控訴はせず一審で刑が確定しており、現在は刑務所にて服役中だ。

辻森死刑囚の犯行はまさに鬼畜の所業と言えるだろう。しかし、意外なことに幼い頃の彼は気が弱く、内気な性格だったそうだ。

一九七七年、辻森はエリート会社員の父親と専業主婦の母親の間に生まれた。裕福な家庭の一人息子として何不自由なく育てられてきたが、その一方で多くの苦労も味わってきた。父親は辻森に強い期待とプレッシャーを押し付け、厳しくしつけた。友人と遊ぶ時間は与えられず、毎日勉強を強制されていた。テストの成績が少しでも下がることを、父親は許さなかった。辻森は中学二年の頃までは成績優秀だったが、やがて授業にもついていけなくなり、そんな彼を父親は毎日のように叱責した。『こんなに頭が悪い奴が俺の子供とは思えない』『母親が浮気して出来た子供じゃないか』と罵られた瞬間、辻森の中には父親に対する強い反抗心が芽生えたという。

それ以来、辻森は受験勉強を疎《おろそ》かにするようになった。結果、志望していた名門校には不合格となり、偏差値の低い私立高校に入学せざるを得なかった。もしかしたら父親への当てつけでわざと受験に落ちたのかもしれない。入学してからは悪友の影響もあり、暴行や恐喝、性犯罪に手を染めるようになる。

辻森が問題を起こす度に父親は激しく叱ったが、母親だけはいつも彼に優しかったそうだ。辻森は誕生日に毎年必ずプレゼントを贈るほど母親想いだった。世間にとっては残酷な殺人鬼だが、唯一の理解者である母の前では心優しい息子を演じていた。筆者に届いた手紙では、『母を悲しませてしまったことが辛い。迷惑をかけてしまって申し訳ない』と母親への想いを綴っていたが、被害者への贖罪《しょくざい》の言葉は一つもなかった。

坂本啓介著『死刑囚の素顔』

「――ねえ、誰かさぁ」四人の部下を見回し、小津は声を掛けた。「ちょっと検察に行って、この事件の資料一式もらってきてよ」

邪険にされることはわかりきっているので、誰も行きたがらない。西が最初に口を開いた。「すみません、今ちょっと忙しいんで」

「横田さんに頼んでください」筋トレ中の横田を碓氷が指差す。「暇そうですよ」

碓氷と西は一緒にパソコンの画面を見つめていた。ああでもないこうでもないと二人で言い合っている。

「何やってんの、君たち」

「来週、胡桃ちゃんの誕生日なんですよ。プレゼントどうしたらいいか、碓氷さんに相談に乗ってもらってるんです」

「ああ、なるほどね」

たしかに女性へのプレゼントは女性に相談すべきだろう。納得はできるが、はたしてそれは勤務中にやることだろうかと首を捻る。

「この中だと」西が画面を指差す。「やっぱこれじゃないですか?」

「だから、ディオールのマキシマイザーなんて定番すぎ。ファンから腐るほど貰《もら》ってるから。家に百本くらいあるから」

「えー、そうですかねえ」

「消え物にするべきじゃない? このシートマスクはどう? 一枚あたり千円、プレゼントにもちょうどいい値段」

「でも、胡桃ちゃん十五歳になったばかりですよ? こんな高級パックが必要な年齢じゃないでしょ。二十代後半の碓氷さんとは違うんですよ」

「小津さん、今の聞きました? 西からエイジハラスメント受けました」

「上に報告しとく」小津は適当に返した。この二人の小競り合いは日常茶飯事だ。気が合うのか合わんのかわからんな、と苦笑する。

「柏木《かしわぎ》さんは、何を貰ったらいちばん嬉しいですか?」

西に話を振られ、新顔の男が手元の書類から顔を上げた。

柏木祐輔《ゆうすけ》。三十六歳。準キャリで階級は警部。元は警視庁組織犯罪対策部の所属だったが、昨日五月十五日付けで確捜へ転属となった。三つ揃えの濃紺のスーツにシルバーフレームの眼鏡《めがね》。髪の毛は整髪料できっちりと撫《な》でつけられている。刑事らしからぬ品と清潔感のある男で、警察官というよりも銀行員のような雰囲気だ。

「私ですか？　そうだなぁ……」

ヤクザと見紛《みまが》う強面揃いのマル暴からやって来たとは思えないほど、柏木は柔和な態度で、いつも微笑みを絶やさない。最年長の小津にも最年少の西にも態度を変えることなく、常に敬語で接している。

「お金ですかね」

「それはそう」柏木の回答に碓氷が同意した。

「ちょっと、真剣に考えてくださいよぉ。ちゃんと十五歳の地下アイドルの女の子の気持ちになって」

「ああ、すみません」

口を尖らせる西に謝罪し、柏木は真剣な顔で考え込んだ。

「もし私が十五歳の女の子だったとしたら、いちばん欲しいものは…………お金ですね」

「間違いない」碓氷が何度も頷いた。「もうギフトカードにすれば？」

「西君、愛は金額ですよ」

「柏木さんに訊くんじゃなかったなぁ」

物腰が柔らかく人当たりのいい新入りに、確捜の面子も早々に心を開いたようだった。現に小津も柏木には好印象を抱いている。

「捜査資料と証拠品、私が借りてきますね」柏木が腰を上げた。「検察にはコネがあるので、渋られることもないですから」

「いいの？　助かるわ、ありがとね」

下との雑談にも適度に加わり、一方で上の手助けも忘れない。なかなか気の利く男だと思う。だからこそ、小津は未だに信じられなかった。この柏木が、過去にヤクザから金品を受け取り、さらには暴力団とトラブルになった挙句、刃傷沙汰《にんじょうざた》を起こして懲戒処分を食らった超絶問題児だということが。不祥事の内容と柏木の印象がまったく結びつかない。

良い奴そうなんだけどなぁ、と心の中で呟く。

これまで『警視庁の墓場』と揶揄《やゆ》されていた確定死刑囚捜査班だったが、柏木が加入したことで最近は『桜田門の刑務所』と呼ばれているらしい。班の面子——碓氷を除く——全員が懲戒処分経験者であることから、前科者が罪を償う刑務所のような部署という意味合いのようだ。

さらに、新入りの逸話はそれだけではなかった。

「……柏木さんの噂、聞いたことあります？」

本人が退室したところで、西が切り出した。

「ゲイらしいですよ」

と、声を潜めて言う。

「だから何」碓氷が一蹴した。

「ヤクザと交際していて、痴話喧嘩で刺されたって聞きましたよ。それで懲戒処分になったって」

「違う違う」小津は否定した。事の経緯は香月部長から聞かされている。「情報提供者との待ち合わせ場所がゲイバーだったから、そういう噂が出回ってるだけだよ。実際は情報を聞き出すためにスパイと会っていて、それがヤクザ側にバレちまって、報復で送り込まれた鉄砲玉にやられたんだって」

「鉄砲玉って……今時そんなことあるんですね」

人手が増えることは有難い。いくら閑職とはいえ、数百人規模の帳場が立っていた事件を数人で再捜査するのは流石《さすが》に骨が折れる。曰くつきの人物ではあるが、柏木はなかなか仕事のできる男なので、いい人材を島流しにしてくれたものだと小津は人事に感謝していた。

「事件の資料、用意できました」

柏木が全員にファイルを配った。人数分コピーしてまとめてくれたようだ。下っ端がやらされるような仕事でも嫌な顔せず率先してこなす姿に、小津は両手を合わせて拝みながら「西、お前も見習え」と小言を告げた。

今回、確定死刑囚捜査班が取り扱うことになった事件について、

「平成十九年に関東で起きた連続強盗殺人です。闇サイトで知り合った三人組による犯行で、被害者は二名。どちらも拉致・監禁され、暴行を受けた末に殺害されています」

と、柏木が概要を説明した。逮捕後に撮影された犯人の顔写真をホワイトボードに貼り付ける。

「主犯はこの男、辻森正之死刑確定囚。当時三十歳です」

カメラを睨みつける辻森の顔は、お世辞にも人相が良いとは言い難いものだ。つり上がった目に角度のついた細い眉。頭は襟足が長めの金髪だが、伸びた根元の黒髪が目立っている。「こういうチンピラ、昔よくいたよな」と小津は呟いた。

「十七年前の事件か」記憶にないなぁ、と資料に目を通しながら西が呟く。「そのとき僕、八歳だし。碓氷さんは？」

「私は十歳。小津さんは？」

「俺、四十歳」

改めて世代の差を痛感しながら、小津は十七年前を振り返った。平成十九年――当時は四十歳。警部に昇進して二、三年目か。この頃は特に仕事が忙しかった記憶がある。大きな事件が同時期に重なったこともあり、捜査員は常に人手不足で、泊まり込みの日々が続いていた。家に帰った覚えがほとんどない。というより、あえて帰らないようにしていたのかもしれない。帰宅したところで部屋に誰もいないという現実と向き合いたくなかったのだろう。

「この事件、警視庁と埼玉県警の合同捜査だったんですよね？」碓氷が尋ねた。「その頃って、小津さんも捜一にいました？」

「いたけど、俺は当時、別の事件を担当してたから」

都内で女子高生連続殺人事件が発生し、小津はその捜査に当たっていた。当時の相棒――織部保《たもつ》と二人、手掛かりを求めて聞き込みに奔走《ほんそう》した日々のことは今でも深く記憶に刻まれている。織部があんな末路を辿ってしまったせいで、猶更《なおさら》。

「捜査に関わってはないけど、よく覚えてるよ。たしか、埼玉の山中で男の遺体が見つかったんだよね。身元は都内在住の会社員の男性で、捜査本部は当初被害者の交友関係を片っ端から当たってた。そのせいもあって、犯人の特定が遅れちゃってさ」

その一か月後、第二の事件が発生した。同様の手口のため同一犯の犯行と断定。犯人が無作為に被害者を選別している無差別殺人へと捜査方針が切り替わった。しかしながら、無差別であるが故に被疑者の絞り込みは難航した。

捜査が進展したきっかけは、死体の遺棄現場付近で怪しい車を見かけたという近隣住民の目撃情報だった。ナンバーを照会したところ、それが辻森正之が所有する車であることが判明した。

「辻森を任意で引っ張ったけど、自供は得られなかったんだよな。その日はそのまま帰したって同僚が言ってた」

過去の調書にも、取調べ中の辻森は「何も知らない」「身に覚えがない」の一点張りだったと記載されている。目撃証言だけで逮捕にこぎつけられるほど甘くはない。

碓氷が首を捻った。「この目撃者、車を一瞬見かけただけなのに、よくナンバー四桁覚えてましたよね。普通は無理じゃないですか?」

「記録によれば目撃者は、たまたまナンバーが鎌倉幕府の年号と同じだったから覚えていたと証言しています」

「1192」小津は呟いた。「いい国作ろう、ってことか」

逮捕には至らなかったが、当時の捜査関係者たちは辻森が何かしら事件に関与していることを確信していたようだ。刑事の勘というものだろうか。

展開が大きく動いたのは、その五日後のことだった。犯人グループの一人が警察に出頭したのだ。すぐに取調べが行われ、事件の全貌が明らかになった。

「そうそう、そいつが証言したんだったな。闇サイトで知り合った二人と、人を殺したって」

自首した男の名は窪友樹《くぼともき》。当時十九歳の青年だった。彼の証言により、もう一人の共犯者が渋谷隆治《しぶやたかはる》という人物であることも判明した。

「にしても、闇サイトってそんなに簡単にたどり着けるもんなんだな」

素朴な疑問を口にしたところ、

「本来、闇サイトと裏サイトは違うものなんですよ」西が早口で説明した。「ディープウェブとダークウェブってのがあって、ダークウェブは通常の手段ではアクセスできないんで、ある程度の知識と技術が必要なんですけど、ディープウェブは検索エンジンを回避するように作られてるだけなんで、普通のブラウザでも開ける。いつの間にかそういうの全部ひっくるめて、闇サイトって呼ばれるようになりましたけど」

「ほう」

よくわからん、と心の中で呟く。

「この事件で使われたのは、単なる検索避けしただけの掲示板ですね」西が資料の中の一枚を手に取った。闇サイトの書き込みを印刷したものだ。「ほら、『タタキまでならやります』って書いてあるでしょ？　タタキっていうのは強盗のことで、こういう隠語を使ってやり取りをすることで警察の目を掻い潜《くぐ》ってるだけなんで、誰でもアクセスできます」

　柏木が感心の声をあげた。「詳しいんですね、西君」

「僕、サイバー課にいたんで」

「それは心強いな」

「柏木、あんまり褒めると調子に乗るから」

　釘を刺したが、遅かったようだ。西は得意げにべらべらと闇サイトについて語り始めた。元々は九〇年代に米国海軍が開発した情報通信技術だったとか、現在の闇サイトのマーケットではＡＩ生成ツールの有料アカウント情報がトレンドだとか。

「わかったわかった、もういいから」小津は止めに入り、舟をこいでいる横田を指差した。「ほら見ろ、お前の話が長すぎるから横田が寝たぞ」

　話を戻したところで、柏木が情報を整理した。

「時系列順にまとめると、こうです。二〇〇七年五月十日に、辻森らは闇サイトを通じて集まり、犯行の計画を立てた。そして同月二十四日、第一の事件の被害者である鈴木《すずき》賢治《けんじ》さんを拉致、暴行した末に殺害し、山中に遺棄。二週間後、山菜採りに来た女性が遺体を発見し、警察に通報」ボードに書き込みながら続ける。「そして、第二の犯行は六月三十日。栗原聡《くりはらさとし》さんを同様の手口で殺害し、今度は別の山に遺棄。その際に車のナンバーを目撃され、八月十九日に任意同行で取調べを受けた。同月二十四日に共犯者の窪が自首し、辻森と渋谷は逮捕されています」

　事件の被害者は二名。一人目は無職の鈴木賢治、当時三十五歳。二人目は会社員の栗原聡、当時四十二歳。二人に共通点はなく、命を狙われた理由はたまたま辻森の目に留まっただけという不運以外の何物でもなかった。

　一通りまとめたところで、柏木が公判記録を手に取った。「主犯の辻森は死刑、共犯の渋谷は無期懲役の判決になってます。自首した窪は十三年の懲役刑なので、すでに出所しているでしょうね。問題を起こして刑期が延びていなければ」

　渋谷と窪の量刑は事件の翌年に確定した。辻森だけが控訴している。

「ムショに入ったのが十六年前だからなぁ。もしかしたら、渋谷も出てきてるかもしれん」

「たしかに」西が頷いた。「ワンチャン可能性ありますね」

　無期懲役は終身刑とは異なり、一生涯を刑務所で過ごすわけではなく、ある程度の年数が経つと仮釈放が認められることもある。

「辻森は一貫して無罪を主張していて、最高裁まで争いましたが、判決は覆《くつがえ》らず死刑が確定しています。ですが、今も再審請求中のようです」

「往生際悪いっすね」眠たげな横田がぼそりと呟いた。

一通り資料を読み返したが、別段気になる点はなかった。最後まで罪を認めなかった辻森とは対照的に、渋谷と窪は素直に取調べに応じ、反省の意を示している。穿った見方をすれば、周囲への心証を考慮し、裁判対策としてしおらしい態度を取っていただけかもしれないが。罪を軽くするために心にもない謝罪を吐く犯罪者は少なくない。

「窪と渋谷、二人の共犯者の供述に矛盾点はないし、当時の捜査に問題があったようにも思えんなぁ」

しかしながら、それを調べ直すのがこの確捜の仕事である。

「気になるのは、辻森のこの証言ですね」碓氷が書類を指差した。「公判記録によると彼は、『自分は他の二人に脅されて命令されていただけ』と主張しています」

「まあ、どうせ苦し紛れの偽証だろうけど」

「先入観を持つのはよくないですよ」碓氷が諫《いさ》めた。「本人たちに話を聞いてみましょう」

頷き、小津は指示を出した。「じゃあ、俺と碓氷は拘置所で辻森に会ってくる。柏木は横田と刑務所に行って、渋谷に話を聞いてきて。西は窪の現住所を調べてくれ」

事件当時の辻森正之は、悪ガキがそのまま大人になってしまった男、という印象だった。マスコミが友人・知人から入手した写真には、ブランド物の服を身につけ、舌を出して中指を立てる辻森の姿が写っていて、虚栄心の強い性格が滲み出ていた。腕に手錠を掛けられ、ふてぶてしい態度で移送車に乗り込む逮捕時の映像を見る限りでは、素直に話を聞くようなタイプではなさそうだ。今回の聴取は一筋縄ではいかないだろうと危惧していたのだが、東京拘置所の面会室に現れた男を前にして小津は拍子抜けした。

意外と小柄だ。身長は百六十五にも満たないかもしれない。椅子に座ると、座高が低いせいで猶のこと小さく見える。肩まで伸びた黒い髪に、ボサボサで太い眉。襟元のよれたキャラクター物のトレーナー。全体的に野暮ったい印象を受けた。

「辻森正之さん……ですね？」

まるで別人だ。本当にこの冴《さ》えない中年男があの辻森なのだろうか。十七年も経てば当然人は変わるものだろうが、ここまで面影がないとは。

「はい、そうですが……」

辻森の声は小さく、おどおどした態度だった。逮捕時の鋭い目つきはすっかり鳴りを潜めている。

「驚きました。昔の印象と違うので」

「そうですかね？」辻森は首を傾げた。髪の毛先を弄りながら答える。「ああ、髪が伸びたからかなぁ……そろそろ切らないとって思ってるんですけど」

刑務所と違い、拘置所の死刑囚に髪型の規則はない。伸ばそうが丸めようが好きにして良いことになっている。髪型だけでなく服装も自由だ。囚人服というようなものはなく、皆それぞれ違う格好をしている。

小津は自らの所属を名乗った。「やはり、蛭岡事件がきっかけですか？　あの事件があったから、死刑囚について調べ直しているんですよね？」

「詳しいですね、辻森さん」

「ニュースで知りました」

死刑囚は独房の中で残りの人生を過ごすが、完全に外部の情報から遮断されているわけではない。回数等の限度はあるものの、テレビやラジオ、新聞を利用することができる。条件を守れば物品の購入や差し入れの受け取りも可能だ。

「最近、死刑制度について勉強してるんですよ。裁判中に死刑廃止運動の活動家の方たちが面会に来てくださって、一緒に頑張りましょうねって励ましてくれて。死刑に関するいろんな本を差し入れしてくれたんですが、その中に蛭岡さんについて書かれた本もあったので」

攻撃的な態度を取られるかと思いきや、辻森の受け答えは意外にもまともだ。歳を取って性格が丸くなったのか。いずれにせよ、捜査がやりやすくて助かる。小津は本題に入った。

「ご自身の事件について、話を聞かせていただけますか」

すると、辻森は眉根を寄せた。悔しげな表情を浮かべている。「……僕は、嵌《は》められたんです。あの二人に」

「あの二人というのは、共犯の窪と渋谷のことですね」

「はい。僕はずっと、二人の言いなりでした」

そう言って、辻森は悲しげに俯いた。

この男は裁判でもそのように主張していたが、信用に値する発言とは到底思えなかった。小津は反論した。「ですが、二人の証言に矛盾はありませんでした。もし嘘をついているのなら、どこかに綻《ほころ》びが出るはずです。それに、窪が自首した理由も説明がつかない」

「口裏を合わせていただけですよ。僕が警察に呼び出されたので、逮捕が近いことを察して焦ったんでしょう。万が一捕まったときのために、入念に打ち合わせをしていたんだと思います。結局、窪は自分の罪を軽くするために、先に自首したみたいですけどね」

碓氷は手帳にメモを取っている。その姿を凝視している辻森に、小津は質問を投げかけた。「闇サイトで人を集めたのはあなたですね？」

その点については、辻森も素直に認めた。

「はい、そうです。すぐに二人から返信がありました。本来の計画では、ただお金を奪って逃げるだけだった。それなのに、あんなことになってしまって……」辻森の顔が歪んだ。身を乗り出し、早口で捲《まく》し立てる。「主犯は僕じゃないんです、あの二人なんです。殺したのは渋谷だし、死体を棄《す》てに行ったのは二人に命令されたからで、逆らったらリンチに遭うと思ったから、やるしかなくて――」

「落ち着いてください、辻森さん」

小津は静かに声を掛けた。

「落ち着いて、当時のことを思い出してください。まず最初に、どこで二人に会いましたか？」

「……たしか、全員が東京在住だったので、都内のファミレスに集まりました。店の場所は忘れましたが、ネットでやり取りしている間に、一度顔合わせをすることになって」

防犯カメラのない場所で標的を探そうと提案したのは渋谷で、金を持ってそうなスーツ姿のサラリーマンにしようと言い出したのは窪だったと、辻森は当時を振り返った。しかし調書には、すべての計画を立てたのは辻森だった、という共犯者の供述が残っている。

「それで、最初の事件は、スーツ姿の男性を襲ったんですね」

辻森が頷く。「財布を奪って逃げる予定でした。だけど、財布の中に入っていたお金が少なかったんです。だから、キャッシュカードの番号を聞き出すために、そのまま車に乗せて拉致することになって……」

最初の被害者は無職の男性。スーツを着用していたのは就職活動中であり、面接の帰りだったからだ。

「被害者を暴行した場所については？　当時の捜査資料では、あなたが昔働いていた自動車修理工場の跡地だったとありましたが」

「人目につかない場所はないかと二人に聞かれて、思いついたのがそこでした。とっくに廃業になった工場で。行ってみたら誰もいなくて鍵も開いていたので、そこに連れ込みました」

「なるほど」小津は唸《うな》った。「つまり、あなたは被害者を拉致・監禁することに、抵抗はなかったんですね」

「あの二人がここまでやるとは思わなかったから」辻森が即座に反論する。「ちょっと殴って脅すだけって言ってたのに、顔を見られたから殺した方がいいって渋谷が言い出して……」

それから二人は、拘束するために用意した紐《ひも》を使い、被害者を絞殺したと、辻森は主張した。

「被害者を殺すことに乗り気ではなかった？」

「勿論《もちろん》です」

「だが、あなたは二度目の犯行にも参加した」

「それは……どうしても、お金が必要だったから」

居住区から離れた場所で犯行に及んだ方が足が付かないと考えたのか、二件目の事件は埼玉県内で起こっている。銀行の近くで待ち伏せしようと渋谷が提案したのだと辻森は語った。銀行から出てきた者ならば現金もキャッシュカードも持ち合わせているだろうと、前回の反省を活《い》かして。

「キャッシュカードの番号はすぐに聞き出せたんですが、あの二人は暴力を楽しんでいたようで、被害者を長い時間甚振《いたぶ》って……本当に、見ていられませんでした」

と、彼は当時の状況について振り返った。

「止めなかったんですか？」

「……止めようとはしましたよ」掌で顔を覆い、辻森がぼそぼそと呟くように言い訳する。「だけど、どうせ殺すんだから好きにしていいだろ、って言われて」

自身はあくまで傍観していただけであり、死体処理という雑用係に過ぎなかったと辻森は強調した。その結果、死体を遺棄する最中に近隣住民に目撃され、警察から事情聴取を受けることになったのだと。

面会時間が終わると、

「お願いです、刑事さん……信じてください」

辻森は椅子から立ち上がり、深々と頭を下げた。

「僕を、助けてください」

その目には涙が浮かんでいた。

死刑囚との面会を終えた小津たちは、次に被害者遺族に会いに行くことにした。覆面の捜査車両に乗り込んだところで、「なんだか別人みたいでしたね」と運転席の碓氷が感想を零した。

「もっとイキった感じかと思ってたんですが、意外と普通の人間というか、むしろ貧弱そうというか」

それには小津も同感だった。

「お行儀が良かったよね。……まあ、元々中学までは優等生だったみたいだし。マスコミの印象操作もあって、ヤンキーだのチンピラだののイメージが強く付いちゃったのかもな」

ですね、と碓氷が頷く。「どちらかというと、いじめられっ子の雰囲気でした」

教育に厳しい父親に育てられ、成績も優秀だったと文献に記述があった。素行は悪くとも、地頭の良いタイプであることは確からしい。

「小津さんはどう思います？　辻森の話」

「主犯は自分じゃないってやつ？　どうだろうねえ、犯罪者は息をするように嘘を吐くからなぁ」

「ですが、もし仮に共犯者の証言が虚偽だったとしたら、確実に判決に影響が出ますよね」

裁判では被告人が二人以上を殺害した場合、問答無用で死刑判決を下されることがほとんどだ。

しかしながら、例外もある。

小津はオウム真理教事件を思い出した。この事件の逮捕者は判決の基準が曖昧だった。一人も殺していない者が死刑になる一方で、二人を殺した者が極刑を免れることもあった。その命運を分けたものは、自首したこと、公判中の態度に反省が見られたことなど、心証の部分が大きい。

「死刑と無期懲役の境界線は曖昧だからなぁ」

「死刑判決って、一応は永山基準によって決められてるんですよね？」

犯行の罪質、動機、態様、被害者数、遺族の被害感情、社会的影響、犯人の年齢、前科、犯行後の情状――量刑は様々な要素を元に決定される。その基準が作られるきっかけとなったのが、昭和四十三年、当時十九歳の少年が四人の男性を射殺した事件だった。二十歳未満に対する死刑の是非が争点となり、死刑制度の在り方そのものについても物議を醸した。これにより、量刑を決める要素というものが最高裁によって提示されることとなり、最終的に少年には死刑判決が下されている。

「殺人の前科、殺人の計画性、共犯事件の場合は犯罪の主導性、動機への情状、犯行後の反省――でしたっけ？」

「よく知ってるな」

「ここに異動が決まってから、ちゃんと勉強しましたから」

これらの要素が今現在、死刑を適用する際の判断基準となっており、事件の犯人から名を取って永山基準と呼ばれている。

しかしながら、これは万能な基準とは言えない。結局のところ裁くのは人間であって、担当裁判官の価値観や感受性が判決を大きく左右するからだ。

「今回のケースでは、犯行の主導性の点で辻森の責任が重いと見なされて、死刑は免れなかったわけですけど……これが仮に、本当に辻森が主犯じゃなかったとしたら、逆に懲役刑の窪や渋谷に死刑判決が下されていたかもしれません」

「うん、そうなるだろうね」

無期懲役は仮出獄が可能だ。実際のところ二十年も満たないうちに社会復帰しているケースも少なくない。一方、死刑になれば一生塀の外に出られない。死刑と無期懲役では天と地ほどの差がある。にも拘《かか》わらず、二つの刑における判決基準は曖昧である。これは日本の死刑制度が抱える問題の一つだと言われていた。

「いっそのこと、裁判官をＡＩにしたらいいんじゃね？」

「それはそれで別の問題が生じそうですが……」

ただ、と碓氷が語気を強める。

「嘘の証言によって人の人生が左右されることは、あってはならないことだと思います」

ハンドルを握ったまま、碓氷は真っ直ぐに前を見据えている。

それは正しい考えだと思う。

「そうだね。……でも」同調しつつも、小津は自身の見解を述べた。「今回は、俺はあいつクロだと思うな」

「根拠は？」

「なんとなく」

「刑事の勘ってやつですか」碓氷は目を細めた。「昭和ぁ」

「うるさいよ」

西みたいなこと言いやがってとむっとしつつも、こういう軽口を叩けるほど彼女が打ち解けてくれたことは喜ぶべきだろう。自分に娘がいたらこんなやり取りをしていたのかもしれないなと想像し、思わず微笑ましい気分になる。

「まあ、刑事の勘っていうか」言うかどうか少し迷ったが、小津は続けた。「碓氷はメモ取ってたから気付かなかったと思うけど、あいつさぁ――」

言いかけた、そのときだった。不意に懐の端末が振動した。香月刑事部長からの着信だ。嫌な予感を覚えながら電話に出たところ、どこか呆れたような香月の声が聞こえてきた。『貴方の部下がやらかした』と。

またかい、と小津は顔をしかめた。

今度はいったい何事かと問えば、香月は一言『喧嘩』と答えた。

「喧嘩ぁ？」元軍人の部下の顔が頭に浮かぶ。小津は恐る恐る尋ねた。「……また横田？」

本庁に戻ったところで、すぐに刑事部長室へと向かった。これで何度目だと思いながら頭を下げる小津に、香月が事情を説明する。

「組対の倉橋《くらはし》警部と、柏木警部が揉めたみたいよ」

「そっちかい」

てっきり横田が問題を起こしたのだろうと決めつけていたが。香月の口からはまさかの名前が出てきた。

「居合わせた捜査員の話だと、倉橋が柏木に『ホモ野郎』って言ってたって」

「そりゃまた、令和の時代にとんだ問題発言を……」応接用のソファに腰を下ろし、小津は溜息を吐いた。「なんでそんなことになっちゃったの」

「二人は同期で、昔から折り合いが悪かったらしい。同じ課長の座を狙うライバル同士でもあったから。特に倉橋の方が柏木を目の敵にしてたみたいで、例の懲戒の件があってからは、毎日のようにホモだのオカマだの陰口叩いてたって。本人の聞こえるところで、ね」

「陰湿な奴だなぁ」

柏木は暴力団員と金品のやり取りをしていた。その件で揉め事になり、組の鉄砲玉に襲撃され、二週間ほど入院する破目になった。処分は三か月間の減給。――公的な開示ではそういうことになっている。

その揉め事を起こした場所が同性愛者の集まる店だったという情報が流出し、柏木自身も同性愛者ではないかという噂が警視庁内に広まった。実際のセクシャリティがどうであろうと、一度噂が立ってしまえば、それがさも事実であるかのように伝わってしまうものだ。好奇の目に晒《さら》され、面白おかしく言い触らす者もいれば、露骨な嫌がらせをする者もいる。倉橋はその筆頭で、柏木はほぼ毎日のように暴言を浴びせられていたという。

エスカレートする倉橋の虐めと、周囲が自分を腫れ物のように扱う空気に嫌気が差し、柏木は退職願を提出した。それを止めたのは香月だった。有能な人間を一度の失態で失うくらいなら、変わり者揃いの確定死刑囚捜査班に異動させたかったと香月は語った。

「組対にいた頃は、何を言われてもずっと黙ってたそうだけど、さすがに我慢の限界だったのかもね」

肩を竦め、香月は説明を続けた。喧嘩の当事者と目撃者から聞き取りした情報をすり合わせたところ、事件の全貌は次の通りだという。

現場は庁舎の駐車場。面会を終えて刑務所から戻ってきた柏木と横田は、偶然その場にいた倉橋とその後輩に出くわした。そして、いつものように倉橋の中傷が始まった。『まだ辞めてなかったのか、ホモ野郎』『ヤクザの愛人が』『掘らせて情報もらってたんだろ？』などと、倉橋は柏木を貶めるような言葉をいくつか吐いた。

柏木は無視して通り過ぎようとしたが、仲間思いの横田は我慢できなかった。倉橋に詰め寄り、肩を摑んだ。『柏木さんに謝罪してください』と横田は要求したが、倉橋はにやにやと笑うだけだった。それどころか、『お前もこいつに食われたのか』と挑発してきたという。

試合開始のゴングは『おい、オカマ。死刑囚とも寝たのか？』という倉橋の一言だった。柏木は倉橋に歩み寄ると、同僚に笑顔で声をかけた。

『横田君、そのまま押さえつけておいてください』

直後、柏木は倉橋の顔面を思い切り殴りつけた。それも、『調子に乗りやがって、クソが』と怒鳴りながら。あの優しい柏木の口からそんな暴言が飛び出すなんて到底信じられないが、駐車場に居合わせた数人が『まるでチンピラのような柏木の怒声を耳にした』と証言しているらしい。

それから二人は殴り合いになった。柏木は『ぶっ殺してやるクソ野郎』と倉橋の胸倉を摑み、倉橋は『気色悪いんだよこのホモが』と反撃した。激しいステゴロが繰り広げられている最中、一緒にいた横田は何をしていたのかというと、倉橋に加勢をしようとした彼の後輩を羽交《はが》い締《じ》めにして押さえつけていたという。

先に倒れたのは倉橋の方だった。騒ぎを聞きつけて人が集まってきて、柏木は取り押さえられた。

倉橋側は何も悪くない、の一点張りだという。相手が先に殴りかかってきたと無罪を主張している。柏木に対する暴言も、単なる「イジリ」だったと。

「いい歳して、いじめっ子の悪ガキみたいなこと言いやがる」

小津は深い溜息を吐いた。最初に手を出した柏木も悪いが、他人を傷つける言動をイジリで片付けてしまう倉橋にも呆れる。

「倉橋には、差別的な発言を慎むよう厳重に注意しとくから」

「ああ、よろしく」

椅子から立ち上がろうとしたところで、小津はふと思い出した。そういえば、と話を切り出す。

「こないだ、織部に会ってきた」

という小津の報告に、香月は目を見開いて驚いていた。

「どうしちゃったの……あんなに避けてたのに、織部君のこと」

たしかに避けてきた。あの男が捕まった日から、ずっと。もう忘れようと、考えないようにしようと自身に言い聞かせて。この十年間、顔を見に行くことなんて一度もなかった。それどころか、彼の名前を口に出すことすら忌み嫌っていた。

「どういう風の吹き回し？」

「いや、別に」

平成二十六年に起きたバラバラ殺人事件――ある朝、犬の散歩中の老人が公園の茂みに落ちているビニール袋を発見した。中身は切断された人間の右手首だった。遺体の身元は菅沼仁志《すがぬまひとし》、当時三十七歳。広域指定暴力団・鳳城会《ほうじょうかい》の構成員で、闇金の経営をシノギとしている男だった。シマを巡って何度か暴力沙汰を起こしていたこともあり、暴力団同士のトラブルの線が濃厚だと考えられていた。

ところが、捜査の過程で思わぬ被疑者が浮上した。

それが、織部だった。

取調べを受けた織部はあっさりと自供した。被害者を車で撥《は》ねて殺してしまったこと。それを隠すために死体をバラバラにして処分したこと。さらには、生活が苦しかったため、被害者の財布の中身も奪ったことも。

元警官で、自分の部下で、相棒だった男の犯した大罪に、小津は強い怒りと失望を覚えた。捜査の担当は外されていたが、いったいどうしてこんなことをしてしまったのかと、直接本人に問い質《ただ》さずにはいられなかった。無理やり取調室に押し入った小津は、織部の胸倉を摑み、殴った。なんてことをしやがった、馬鹿野郎と、涙を流しながら殴りつけた。

懲役十五年。織部は判決を受け入れ、刑務所ではなく拘置所にて刑期を過ごすこととなった。そして、今に至っている。

「ただ、何となく会いに行ってみただけ。事件について、何か隠してることがあるのかもって思ってさ」

この事件の裏には別の真相が隠されているのではないか、と小津は考えるようになった。というよりも、そうであってくれ、と思っていた。認めたくない気持ちの裏返しなのかもしれない。あの織部が——大事に育ててきた後輩が、単なる犯罪者であってほしくないと。保身のために遺体を穢《けが》して罪を隠蔽し、さらには金品まで奪うような身勝手な犯行には、実のところ何か正当な理由があったのではないかと。

「それで……どうだった？」

期待の色を滲ませた瞳で香月がこちらを見つめる。織部と同期で仲の良かった彼女の心にも、自分と同じ期待があるのだろう。

「特に、何も」小津は力なく首を振った。「今さら話すようなことは何もない、って言われた」

あの日、アクリル板越しに織部に尋ねた。何か理由があったんじゃないかと。けれども、織部はきっぱりと否定した。そして、薄く笑いながら告げた。

『仮に理由があったとして、それが何になるんですか？　理由があれば人を殺していいわけじゃないでしょう』

正論だった。これ以上ないほどの。

その一言に、小津は突き放されたような気分になった。それを言われてしまえば何も言い返せない。しかし同時に、苛立《いらだ》ちが芽生えた。そんなことまでわかっているくせにどうしてこんな罪を犯したのかと、叱責してやりたかった。

「今、俺らがやってることに、水を差された気分だよ」

金子死刑囚が犯行に及んだ本当の動機を突き止めたとき、小津は初めてこの仕事にやりがいを見出すことができた。しかし、織部のその一言によって、せっかく摑んだ存在意義が揺らぎつつある。

理由があったからといって、人を殺したことには変わりはない。本当の動機を突き止めたところで意味などないのだと、すべてを否定されているように思えてならなかった。


「――それにしても派手にやったなぁ、柏木」

ハンサムな顔が台無しだ。左頰には青痣。目の上は腫れ、口角は切れて赤くなっている。まるで試合後のボクサーみたいなその面構えに、叱るつもりだった小津も思わず笑ってしまった。

冷却材を顔に当て、柏木は苦笑しながら「本当にすみません」と謝罪した。

「それ、何です？」

と、碓氷が指差す。柏木の机の上に壊れた眼鏡が置いてある。といっても原型を留めていない。喧嘩の最中でもみくちゃにされてしまったのか、レンズは砕け散り、フレームはあらぬ方向に曲がっていた。

「眼鏡です。買ったばかりだったんですが」

「現代アートみたいになっちゃってるじゃん。どんな喧嘩したらそうなるの」

碓氷も呆れている。「警察官が警視庁の中で殴り合うなんて、ありえませんよ」

「いやあ、すみません……つい手が出てしまいまして」

「うわ、えっぐ」西が不意に声をあげた。パソコンの画面を見つめてにやにやと笑っている。「ガチで殴り合ってる」

「お前、何見てんの？」

「警視庁の駐車場の防犯カメラ」

そう簡単に閲覧できるものではないはずだが。また不正にアクセスしてるんじゃないだろうなと疑いながら、小津は西のパソコンを覗き込んだ。そこには馬乗りになって倉橋を殴りつける柏木の姿が映っていた。

「インテリな見た目のくせに、意外と武闘派なのね……」

おまけに実は口も悪い。腐っても元マル暴というわけか。切れやすく気性が荒いのは横田よりもこの男の方か。むしろ横田は意外と冷静で温厚な性格なのだが。

「横田も助太刀《すけだち》してないで止めなさいよ」

「向こうが悪いんすよ。先に吹っ掛けてきたのはあいつっすから」

「何言われたんですか？」

訊かれ、柏木は倉橋の暴言を反芻した。どれも品のない言葉ばかりだった。

「キショ……」雁氷が顔をしかめている。「もはやセクハラじゃないですか」

「それは殴るわぁ」西も頷いた。

「でもまあ、理由があれば殴っていいわけでもないからね」

気持ちはわかる。しかし、この国は法治国家だ。言葉の攻撃を物理的な攻撃で返してはいけない。故に、こういう虐めや嫌がらせがいつまで経ってもなくならないわけだが。

「すみません、私の個人的な問題で組対を敵に回してしまって」

「大丈夫っすよ。元々嫌われてるんで、うち」

「そうそう。所轄とか検察とも揉めたし」

お前ら二人のせいでな、と小津は心の中で呟いた。

「倉橋には部長が厳しく注意してくれるって言ってたから、しばらくはおとなしくしてるんじゃないかな」

「だといいんですけどね」

「香月部長の注意くらいじゃ効果ないですよ」碓氷が吐き捨てるように言った。「あの倉橋って奴、超絶クソ野郎って有名だし」

「お嬢様、言葉が悪うございますよ……」

窘《たしな》める小津を無視し、碓氷が話を続ける。「あの男がまだ所轄にいた頃、私の同期の子が同じ部署に配属されたんですけど、あいつずっとその子に言い寄ってたんですよ。しかもフラれた途端に掌返して、『あの女ブスのくせに調子乗ってる』って陰口叩いてたんです。ありえなくないですか？」

柏木の追加情報に「去年、交通課の女性にも同じことしてましたよ」

「キモすぎ」と碓氷は吐き捨てた。どうやらその倉橋というのは差別的で男尊女卑的な思考の持ち主らしい。

「その同期の子、あいつのせいで病んでしまって、大変でしたもん。結局、警察辞めちゃいましたし。さすがに私ムカついて、家のコネ使って倉橋を飛ばしてやろうかって悩みました」

碓氷がさりげなく恐ろしいことを言っている。

倉橋への文句で盛り上がる部下たちを、小津は「まあまあ」と宥めた。

「俺からも言っとくし、あまりに酷いようだったら出るとこ出るからさ。悪口はそれくらいにしといて」雑談を切り上げ、話を戻す。「共犯者の渋谷とは面会できたんだよな？　どうだった？」

「はい、渋谷隆治は府中《ふちゅう》刑務所に収監されていました」柏木が答えた。冷却材を机に置き、手帳を取り出す。眼鏡がないせいか読み辛そうにしている。「証言は、おおむね当時の調書通りでした。渋谷は事件当時四十二歳。リストラされて無職になり、金に困っていたところで、闇サイトの書き込みを見つけて辻森に接触したそうです。彼の話によると、被害者の選定も死体の処分も、何もかもすべて辻森が仕切っていたとのことですが」

「辻森は、自分は単なる言いなりで、主犯じゃないって言ってました」

「見事に言い分が食い違ってるな」

「辻森が主犯で間違いないでしょう」と、柏木は断言した。「強盗の取り分も、辻森が五割、窪と渋谷が残りの金額を分け合う形だったらしいので」

「そんな不平等な条件を、どうして二人は受け入れたんです？」

「渋谷から聞いた話では、辻森は共犯の二人を脅していたそうです。二人の隙を突いて身分証を盗み、住所やら勤務先やらの情報を控えていたと。逆らったらお前の家族に手を出す、個人情報をバラ撒く、と強請《ゆす》っていたようで」

碓氷は納得がいかないようすだった。「そんなことをするタイプには見えなかったけど」と首を傾げている。

「そんなことをするタイプには見えないのに、人をボコボコに殴った男が、目の前にいるでしょ」

「そうですよ、碓氷さん」柏木が頷く。「気を付けてください、人は見かけによりませんから」

片っ端から事件関係者を当たってみるしかない。被害者側から見た辻森死刑囚の印象を知るために、小津はまず遺族に話を聞くことにした。

第一の事件の被害者である鈴木賢治の身内とは連絡がつかなかった。当時、捜索願を出した鈴木の両親は六十を越えていた。今も存命とは限らない。

もう一人の被害者である栗原聡には妻と息子がいた。当時中学生だった息子が今は都内に住んでいるとのことで、彼の勤務先近くの喫茶店で落ち合うことになった。

碓氷の運転する車で約束の場所へと向かいながら、小津はふと、織部のことを思い出した。

捜査一課にいた頃、こんな風に二人で被害者家族に会いに行ったことがある。織部は『被害者やその家族と会うと、いつも気が重くなる』と弱音を漏らしていた。こればかりはいつまで経っても慣れない、できればやりたくない仕事だと。

そんな織部に小津は告げた。これは刑事として必要なことであると。こうして苦しむ被害者を自分の目で直《じか》に見ることで、犯人や犯罪への憎しみが生まれる。それが自分たち刑事の原動力になる。俺だって慣れないよ、と肩を落とした小津に、織部は覚悟を決めた瞳で頷いた。いつまで経っても慣れるものではない、慣れてはいけないことなんですね。自分に言い聞かせるように告げた彼のその言葉は、今でもよく覚えている。

「――着きましたよ」

碓氷が車を停めた。

約束の喫茶店に入ると、背広姿の男性が待っていた。栗原将《まさる》と名乗った。栗原聡の息子だ。

被害者の栗原聡は埼玉に住む会社員だった。用事があって立ち寄った銀行からの帰り道に、辻森らによって車の中へと引きずり込まれ、拉致された。息子の将が十四歳のときだ。

あれから十七年。

「できることなら、この手で殺してやりたいですよ」

三十一歳になった将は、犯人への憎しみを包み隠さず吐露した。

「もう事件から十七年も経っているのに、まだ生きているなんて……何のための死刑制度なんでしょうね」

死刑は原則六か月以内に執行されなければならないという決まりはあれど、その期日が守られることはほぼない。死刑執行までの年月は平均して約七年ほどだと言われている。だから、事件から十七年、最高裁の判決から十五年が経った今でも、辻森はまだこの世に生きている。

「あの頃、学校でゲームが流行ってたんです。みんなゲーム機を持って、放課後マックとかファミレスに集まって楽しそうに遊んでたけど、僕はそのゲームを持ってなくて……だから、父に頼んだんです。仲間外れになりたくない、みんなと一緒に遊びたいって」当時を振り返りながら、将は言葉を続けた。「そしたら父が、『わかった。もうすぐお前の誕生日だから買ってきてやる』って、昼休みに会社を抜けて買いに行ってくれるって、約束してくれたんです。……だからその日は、ずっと楽しみに待っていました。父が帰ってくるのを」

だが、父親はいつまで経っても家に帰ってこなかった。夜になっても、次の日になっても。一生、帰ってくることはなかった。

「父がその日、最後に立ち寄った場所が銀行でした。その帰り道で犯人に襲われたと聞きました。もしかしたら、僕へのプレゼントを買うために、お金を下ろしに行ったのかもしれない。そう考えたら……」

将は俯き、涙声で「僕のせいなんです」と呟いた。

「それからは、友達がゲームをしているのを見る度に、あの日のことを思い出すようになりました。もし、あの日、僕がゲームが欲しいなんて言わなかったら、父が殺されることはなかったんじゃないかって。あんなことさえ言わなければ、今も父さんは生きていたんじゃないかって……」

彼はその日以来、ゲームというもの自体に触れることができなくなったという。目にするだけで当時の記憶が想起され、己を責めてしまう。この十七年間、ずっとだ。どれだけ年月が経っても傷は癒えず、父親を失った悲しみが色褪《いろあ》せることはない。身勝手な犯罪によって奪われてしまった多くのものを、決して取り戻すことはできない。被害者遺族にとって事件とはそういうものなのだと、改めて思い知らされる。

「——将さん」

小津は相手の目を真っ直ぐ見つめ、告げた。

「事件の捜査資料を読み返しました。当時の捜査員が銀行に確認したところ、あなたのお父さんの口座から送金の記録があったようです。当時お住まいだったマンションの管理費と共益費が、管理会社に振り込まれていました」

驚いたように目を丸くしている将に、小さく頷いて続ける。

「お金を下ろしたのはついでです。あなたのせいじゃない」

将は目に涙を溜めて頷き返した。

碓氷が事件についていくつか質問をした。慎重に言葉を選びながら。「将さんは、辻森の裁判を傍聴されていたと聞きましたが」

「はい。母がショックで寝込みがちだったので、いつも叔父と一緒に。当時は高校生だったので、授業で行けない日もありましたけど」

そこで辻森らによる犯行の詳細を知ったという。父親がどんな風に殺されたのか、起訴事実を淡々と読み上げる検察官から聞かされるのだ。ただでさえ酷な時間だというのに、高校生の少年にとってはこの上なく耐え難いものだっただろう。

「公判中の辻森死刑囚に対して、どんな印象を抱きましたか？」

碓氷の質問に、

「……欠伸してたんですよ、あいつ」

将は怒気を孕《はら》んだ声で答えた。

「検察側が発言している最中、下向いて、欠伸してたんです。それを見た瞬間、こいつ反省してないなって思いました。ふてぶてしく座ってて、証言台に立つ態度も横柄で。捕まった他の二人は『被害者に申し訳ないことをした』って言ってたけど、辻森から謝罪の言葉は一切なかった。許せなかったですよ。謝ったところで許すわけじゃないけど、死刑以外はありえないって思いました」

現に辻森には死刑判決が宣告された。その瞬間の被告人の様子を、将は次のように語った。

「あいつ、死刑だってわかった途端に取り乱していましたよ。先に判決が出た他の共犯者が懲役刑だったから、自分もそうなるだろうって高を括《くく》ってたんでしょうね」

先入観をもつのはよくないとわかってはいるが、やはり被害者側の話を聞くと心が傾いてしまう。自分は主犯ではないという辻森死刑囚の主張が正しいとは、どうしても思えなかった。

栗原将と店の前で別れ、小津たちは再び車に乗り込んだ。

「……嘘ですよね？」

運転席の碓氷が唐突に尋ねた。

「何が」

「さっきの話。栗原さんが銀行でマンションの管理費を払っていたなんて記録、どこにもありませんでしたけど」

彼女の言う通り、嘘だ。

だが、ああでも言わないと彼は一生自分を責め続けるだろう。これまで十七年間も苦しんできたのだから、少しくらい救いがあってもいいのではないかと思った。たとえ、調べればすぐにバレるような脆《もろ》い救いだとしても。

とはいえ、余計なお世話だったかもしれない。

「自己満足だったたか。ごめん」

「私に責める資格はありません。……私もしたことあるんで、嘘の証言」

「そうなの？」

「はい。小学生のとき、近所で女子高生が殺害される事件があって」

小津は頭の中で逆算した。碓氷が小学生ということは十五年以上前の出来事か。その頃に発生した女子高生殺人といえば、思い当たる事件が一つある。「ああ、目黒《めぐろ》区で起きたやつか。その帳場、俺もいたな」

ちょうど辻森らによる連続強盗殺人の時期と重なる二〇〇六年からその翌年にかけて、三人の女性が立て続けに殺害され、無残な状態で遺棄される事件があった。連続殺人が同時期に二件も発生したため、当時は捜査員の人手もギリギリの状態で、皆が不眠不休で捜査に奔走していた。ショッキングな事件ともあってマスコミも連日報道合戦を繰り広げていたが、十七年経った今ではもうすっかり忘れ去られている。

「うちの近所にある女子高に通ってた子が、遺体で見つかったんです。だから、警察官が高校付近で聞き込みをしていて、私の小学校にも来ていました。『この男を見かけなかったか』って、写真を見せられて」

見知らぬ男の写真だった。おそらく他の生徒も記憶になかったはずだ。しかし、同級生の一人が、どういうわけか『見た気がする』と言い出した。それに呼応するように、周囲も『見た』と答えはじめたという。

「その子がどうして『見た』と証言したのかは、わかりません。本当に目撃したのかもしれないし、勘違いしていたのかもしれない」

「その警官が怖くて、『見た』って言わないと怒られるような気がしたのかもな」

「そうですね。もしくは、その子はクラスの中でも中心的な存在だったので、単に注目を浴びたかっただけかもしれません。ただ、その子が最初に発言したことで、周りは違う意見を言えない空気になりました」

「右に倣え、になっちまったか」

そして、同調圧力に負け、小学生の碓氷も嘘の証言をしたという。

「私が反論できたらよかったんですが、ここで違うことを言えば仲間外れにされるんじゃないかって、不安になってしまって」

ただでさえ家のことで周囲から距離を置かれていたので、と碓氷は深い溜息を吐いた。

「あの日のことがずっと気になっていました。だから、中学生になった頃に、事件についてネットで調べたんです。犯人の名前は星野恭一《ほしのきょういち》という男で、死刑判決が下されたって書いてあったので、死刑囚に関する本を買い集めました」

「ああ、だからあんな本いっぱい持ってたのね」

納得した。自宅にあったものだと言っていたが、そういう経緯があったとは。

「星野は今も拘置所にいます。再審請求中だそうです。だから、ずっと引っ掛かっているんです。もし彼が無罪だったら……私たちの偽証のせいで、犯人にされてしまったんじゃないかと」

幼き日のその経験が、碓氷にとって警察に入庁するきっかけになったという。刑事になり、正しい捜査をして、正しい犯人を捕まえたいと、当時の彼女は心に誓ったのだと教えてくれた。

「その事件のことなら覚えてるけど、似たような証言は他にもあったんだ。警ら中の巡査が現場付近にいた星野を目撃してる。だから、お前が気に病むようなことは何もない。……あ、これは嘘じゃないよ。ちゃんと記録に残ってっから」

「そうですか」

小津の言葉に、碓氷の表情が微かに緩んだ。

「安心した?」

「気休めにはなりました」

頷き、碓氷は「ですが」と続ける。

「あのときの自分みたいに、人は悪意がなくても嘘を吐いてしまう。記憶違いで真実ではない証言をしてしまうことだってある。だから、もしかしたら、他の事件にも嘘の証拠が紛れ込んでることがあるかもしれないって思ったんです。それで、確捜班が作られるって聞いて、ここへの異動を志願しました」

何か事情があるのかとは思っていたが、合点がいった。彼女が自ら警視庁の墓場に足を踏み入れたことにも、やけに犯人の証言に耳を傾けようとすることにも。

「難しい仕事だよね」小津は溜息交じりに漏らした。「犯人に肩入れし過ぎてもいけないし、犯人だと決めつけ過ぎてもいけない」

そうですね、と碓氷は同調した。


定時を迎えたところで、部下たちを食事に誘ってみようかという考えが頭を過ったが、どうせ断られるのが関の山だろうと思い直した。今は職場の親睦を深めるよりプライベートの時間を尊重してやる時代だ。仕事が終わってからも仕事の付き合いを強いるべきではないだろう。そう言い聞かせながら帰り支度をしていたところ、意外にも部下の方から誘いがあった。「今日のお詫《わ》びに一杯奢らせてください」という柏木の言葉に喜びながら、いつもの居酒屋へと足を運んだ。

カウンター席に並んで腰を下ろし、とりあえずビールを注文したところで、「本当にすみませんでした、ご迷惑をお掛けして」と柏木が改めて謝罪した。

「びっくりしたよ。お前も『クソ野郎』とか言うんだな」

「昔はこんな感じじゃなかったんですけど……組対に長くいると柄が悪くなるというか、どうもヤクザっぽい振舞いになってしまうというか」

「あるあるだよな。昔、モヤシって呼ばれてた同僚がいたんだけどさ、四課に異動した数年後には髭面のクマみたいな男になってたもん」

柏木が一笑した。彼も組対にいた頃は髭を生やしていたそうだ。ヤクザに舐められないために。警察手帳の顔写真も髭面だという。

「喧嘩は強くないくせに、怒りを抑えきれなくて、たまに今日みたいにキレてしまうんですよね」

悩みを打ち明けた柏木に、そういえば、と思い出す。柏木はいつも休憩時間にアンガーマネジメントについての本を読んでいる。怒りっぽい性格をどうにか抑えつけてきたが、溜まりに溜まったものが今日になって爆発してしまったようだ。

「倉橋警部だっけ？　大変だねえ、厄介なのに目ぇ付けられて」運ばれてきたビールで乾杯し、小津は尋ねた。「ゲイっていうのも、単なる噂なんでしょ？」

「あ、それは事実です」

あっさりとカミングアウトされてしまい、小津は面食らった。

「そうなんだ……」

「警戒しなくても大丈夫ですよ。老け専じゃないので」

「ちょっと、言い方に気をつけなさいよ」

口を尖らせて言い返すと、柏木がくすくすと笑いながら「冗談です」と告げた。

「別に警戒なんかしないけど……え、ちょっと待って。ってことは、本当にヤクザと付き合ってたってこと？」

「はい」

柏木はこれまたあっさりと認めた。

「おいおい、嘘だろ」

「もちろん情報を聞き出す目的で、ですよ。警察という身分を隠して相手に近付きました。とはいえ、やっぱりそういう関係になると、情が湧いてしまうものじゃないですか」

「……たしかに。潜入捜査官も敵と仲良くなっちまって、ミイラ取りがミイラになるって言うしなぁ」

「結局、サツだって正体がバレてしまって、その報復で下っ端に刺されましたが」

柏木本人の口から語られる不祥事の真相は、公表された事実とも噂の内容とも違うものだった。

「個人のセクシャリティはデリケートな問題ですからね。暴力団員と交際していたと公表すれば、アウティングになってしまう。下手したら訴えられますから」

「なるほど。それで表向きは、金品のやり取り、ってことにしてたのか」

真相を知っているのは上の連中だけ。とはいえ、情報はどこからか漏れるものである。それを嗅ぎつけ、騒ぎ立てたのが倉橋だった。

「まあ現に、恋人からのプレゼントとしていろいろ貰ってたんで、賄賂《わいろ》を受け取っていたことにはなりますけど」

「それ、西に言うなよ。一生イジられるぞ」

「イジってもらった方が有難いですよ。腫れ物扱いよりも」

「碓氷も似たようなこと言ってたなぁ」

「わかります」前の部署ではかなり嫌な思いをしてきたようだ。柏木の声には同情の色が滲んでいた。「彼女も苦労したでしょうね。家があぁも大きいと」

「本人は普通の子なのにね」

柏木はジョッキを空にすると、今度はウイスキーのロックを注文した。グラスの中の氷をカラカラと揺らしながら尋ねる。「小津さん、ご結婚されてるんですね」

「え？」

「あ、他意はないですよ」柏木は小津の左手を指差した。「結婚指輪」

「ああ、これか」

古い指輪を眺めながら、小津は答えた。

「でも、カミさんもう死んでんだ」

柏木が気の毒そうな顔をした。「そうでしたか」

「俺が三十後半の、ちょうど警部に昇進する前だったかなぁ。乳がんでさ、検査を受けたときにはもう、どうにもならない状態だった」

思い返しても後悔ばかりだ。どうして気付いてやれなかったのか。……いや、気付いていたはずなのに、見て見ぬふりをしていた。

「その頃は出世に命懸けてたから、ほとんど家に帰らなかった。あいつと顔を合わせることもなくて。珍しく家に帰っても、疲れて寝てるだけでさ。いつだったか、あいつが具合悪そうにしてたことがあったんだけど、何も言ってやれなかった。気遣うどころか、俺の方が疲れてんだぞって思ってたよ」

当時を振り返り、小津は自らの愚かさを呪った。「本当に馬鹿だよなぁ」と自嘲を零す。

　妻に先立たれてからというもの、深い喪失感と虚無感に苛まれた。今までいったい何のために必死になって働いてきたんだろうかと、愕然とした。すべては家族、妻のためだったのに、いつしかその目的を履き違えていた。自分にとって本当に大事なものを見誤っていたことに、妻を失ってからようやく気付いた。

　それからは、仕事に打ち込むしかなかった。もう自分にはこの刑事という職しか残されていなかった。それだけが生きる理由だった。

　そんなときに現れたのが、織部だった。

　葛飾区で通り魔事件が発生し、警視庁捜査一課と所轄の強行犯捜査係との合同捜査本部が設置された。小津は新米だった織部と組むことになり、二人で聞き込みに奔走した。

　織部はまだ新人だったため、小津は相棒でもあり教育係の役割も担っていた。彼は素直で真面目で、教え甲斐《がい》のある後輩だった。いつも飲みに付き合ってくれて、寂しさを埋めてくれた。織部のことをすっかり気に入った小津は、後に彼を捜査一課に引き抜いた。一課でもコンビを組むことになり、親密な関係は続いた。

　当時を振り返り、思う。あの頃の自分は織部に依存していたのだ。妻を失い、傷付いたその心の拠り所を、彼に押し付けていたのだろう。

「それで、仕事にも出世にもすっかり興味なくなっちゃって、ずっと会計係で書類仕事するだけの日々だったんだけどさ……まさかこの歳になって、本庁で一つの班を任されるとは思わなかったよ」

「それも問題児ばかりの班を」

「お前を筆頭にな」

柏木が笑った。

「いいチームですよね」

「そう？」

「ええ。居心地がいいです」

はみ出し者の集まり。それ故の気楽さは、柏木も感じているようだ。前の部署で不遇な扱いを受けてきただけに、余計に。

「みんな仲も良いですし」

「仲良いかなぁ。西と碓氷はよく喧嘩してるけど」

「喧嘩するほどってやつですよ」

「トムとジェリーみたいなもんか」

一笑し、小津はジョッキの残りを飲み干した。

翌日以降も辻森確定囚に関する捜査は続いた。柏木は友人・知人関係を、碓氷は当時の弁護人や担当検事を当たり、西は加害者家族の行方を追うことになった。

小津は横田を連れてある男の元へと向かった。窪友樹――本件の犯人グループの一人であり、懲役十三年の実刑判決を受けた男だ。今は刑期を終えて出所している。現在の年齢は四十手前。出所後は半グレとなり、指定暴力団・鳳城会の下請けのような仕事を続けているらしい。今はキャバクラの雇われ店長で、当然その店にもヤクザの息がかかっている。これらの情報は、柏木が古巣の伝手《つて》を使って調べ上げたものだった。

窪の店は新宿の繁華街にあった。古い雑居ビルの一階。開店前だが遠慮なく立ち入らせてもらった。訝しげな顔をしている若い黒服に、「警視庁の者ですが」と警察手帳を提示する。

「店長の窪友樹さんはいらっしゃいますか」

「いませんけど」

「嘘はいけませんね」

三時間前から店の前で張り込んでいたのだ。窪が中にいることは把握している。お邪魔しますよ、と店の奥へ向かう。

「こら、勝手に入んな！」黒服が小津の肩を掴んだ。

こういう荒事のために番犬を連れてきたのだ。傍にいた横田がすぐさま動いた。男の腕を掴み、捻り上げている。悲鳴をあげる黒服と、それを涼しい顔で制圧している横田を尻目に、小津は奥の扉を開けた。バックヤードの事務室らしき小部屋には窪の姿があった。テーブルの上の札束を数えているところだった。柏木の調べでは、この店は違法薬物の取引に利用されているという情報があり、組対も目を付けているらしい。この札束にはそれらの売上金が混ざっているのかもしれない。

「窪友樹さんですね？」

「……誰だ、あんたら」

「警察です」

窪が顔色を変えた。やましいことがあるのだと一目瞭然だった。次の瞬間、窪は弾《はじ》かれたように立ち上がり、逃げ出した。

「おい、待て！」

窪が裏口に向かって走っていく。小津は追いかけた。店を飛び出し、細い路地裏に出る。くそ、と小津は舌打ちした。足が思うように動かない。少し走っただけで息が上がってしまう。歳のせいか、運動不足のせいか。

そのときだった。すぐ傍を黒い人影が横切った。横田だ。彼は小津を追い越し、窪との距離をどんどん詰めていった。あっという間に追いつき、背後から窪の襟を掴むと、思い切り体を引き倒した。窪が地面に転がる。その光景を眺めながら、ドーベルマンみたいな男だなと思う。

窪は慌てて起き上がり、横田に殴りかかった。だが、横田は攻撃を軽々と躱《かわ》し、逆に相手の鳩尾《みぞおち》へと拳を一発叩き込んだ。窪が噎《む》せ返りながら地面に膝をつく。その腕を後ろに捻り上げ、身動きできないよう窪の体を壁に押し付けたところで、横田が小津に声を掛けてきた。

「捕まえたっす」

「お前、足速いな……小学生のときモテたでしょ」乱れた呼吸を整えながら、窪に告げる。「はあ、はあ……安心してください、今あんたがやってる犯罪とは、我々は管轄が違うんですよ、げほっ……勝手に捜査したら怒られちまう……俺たちは、辻森について話を聞きたいだけで、用が済んだらすぐに帰りますから」

この時点でもう組対には怒られるだろうがな、と小津は思った。長い間泳がせていた店に勝手に立ち入り、こうして引っ掻き回したのだから、当然今後の捜査がやり辛くなる。柏木はいつもの笑顔で「あの店は倉橋班の担当なんで、滅茶苦茶にしていいですよ」と言っていたけれども。

窪は警戒心を剝《む》き出しにしていたが、辻森の名前を聞くと表情が変わった。小津が所属と事情を説明したところで、窪の体から力が抜けた。「離してやれ」と部下に命じる。横田が手を緩めると、窪はその場に座り込み、煙草《たばこ》を取り出した。

小津は本題に入った。

「辻森死刑囚は、あなたと渋谷が主犯だったと主張しています。あなた方が口裏を合わせて、自分を陥れている。そう言ってました」

窪は白い煙を吐き出しながら、ふざけやがって、と悪態をついた。語気を強めて辻森の言い分を否定する。「俺はな、ただの強盗だって聞いたから話に乗ったんだ。通行人を脅して、金を奪うだけだって。なのに、あいつは……あいつがやり過ぎたせいで、十三年もムショに入る破目になった」

小津は窪を観察した。その表情には先刻のような焦りの色はなく、嘘を吐いているとは思えなかった。

「俺らだってやりたくなかったよ、殺しなんて」

窪の話によると、一件目の殺人は意図しないものだったという。キャッシュカードの番号を聞き出すために暴行を続けていた結果、行き過ぎた暴力により被害者を死なせてしまったのだと。

しかし、二件目は違う。辻森には明確な殺意があった。被害者である栗原聡は、財布もカードもすべて素直に渡していたそうだ。『お金ならいくらでも渡すから、命だ

け は 助けてくれ』『家族がいるんだ。息子が明日、誕生日なんだ』——泣きながらそう訴えていたと、当時を振り返りながら窪は語った。

公判の記録にそんな話はなかった。窪も渋谷も『被害者はずっと気絶していた』と証言していた。おそらくあえて黙っていたのだろう。被害者の死に際の悲痛な叫びが裁判官の心証に影響し、刑が重くなることを恐れた弁護側の入れ知恵かもしれない。死人に口なしである。

「自分が死んだら、息子が悲しむ。最悪の誕生日になってしまう。警察には言わないから助けてくれって、命乞いしてた。それを見た瞬間、頭に自分の父親の顔が浮かんで……子供の頃、親父がプレゼントくれたこととか思い出しちまって、もうこれ以上は無理だと思った。だから、辻森に言ったんだよ。今日はもうやめとこうって」だけど、と窪が眉根を寄せる。「あいつ、なんか急にキレだして、鉄パイプでボコボコに殴り始めやがったんだ。止めに入ったけど、『顔を見られてるから殺した方がいい』って聞かなかった」

被害者が気絶してからも延々と殴り続ける辻森の姿を、窪と渋谷はただ唖然《あぜん》と眺めることしかできなかった。そして、どちらの殺人も、死体の処理は辻森が自ら進んで行っていた。窪はそう主張した。

「警察に駆け込んだのは、何故ですか？　少しでも罪を軽くするため？」

この男が自首したのは、辻森が警察に任同をかけられた数日後のことだった。そのうち自分にも捜査の手が及ぶことを察し、先手を打ったのだろうか。

するど、窪は「怖くなったから」と呟いた。

「たった数十万円のために人殺すなんて、割に合わねえだろ。だから、もうやめたいって言ったんだ。そしたら、逃げるなら許さないって、辻森に脅されて……そのときにさ、『顔を見られたから殺した方がいい』っていう、あいつの言葉を思い出したんだよ。だったら、次に消されるのは俺なんじゃないかって思った」

「そこまで恐れるような相手でしょうか？　辻森は小柄ですし、体格はあなたの方が断然大きい。抵抗できたのでは？」

という小津の疑問を、窪は鼻で嗤った。「あいつは人を殺したことがある。けど、俺はない。あいつは人を殺すことに躊躇《ためら》いがない。けど、俺に人を殺す度胸はない。その差は大きいんだよ」

たしかに一度犯罪に手を染めると、心理的なハードルが下がるものだ。再犯し、何度も刑務所に戻ってくる犯罪者は数えきれないほどいる。辻森と窪の間には明確な境界線があり、その差が量刑の重さを分けたといえるのかもしれない。

「ムショに入ってからもシャバに出てからも、いろんな犯罪者を見てきた。けど、あいつほどイッてる奴はいなかった。辻森はマジモンだよ」

窪は煙草の火を地面に押し付けた。

庁舎に戻り、ある程度情報が集まったところで捜査会議を開いた。最初に報告したのは西だった。「辻森の家族について調べてみたんですけど、父親の辻森光雄《みつお》は死んでました。自殺だったみたいです。息子が逮捕されたことをきっかけに、勤務先の社屋から飛び降りたって。直筆の遺書もあったらしいですよ」

辻森死刑囚の父親は大企業に勤めるエリート会社員だった。世間体を人一倍気にする性質だったのかもしれない。遺書には被害者と世間へ向けた謝罪の言葉が綴られており、『死んでお詫びします』の一言で締められていたという。

「母親の邦子《くにこ》は存命です。ただ、事件のショックと心労が祟《たた》ったのか、体を壊してしまって、それからはずっと入退院を繰り返しているようです。今も、事件当時と同じ家に住んでるみたいですよ」

「引っ越してないんだ？　珍しいね」

加害者家族は事件後、マスコミに追いかけ回され、世間からも嫌がらせを受け、今まで通りの生活を送ることが困難になる。大抵が家庭崩壊に陥るものだ。一家離散、最悪の場合は一家心中もあり得る。わざわざ同じ家に住み続けていることには何か特

ようですね」次に柏木が報告した。「校内の不良グループのリーダー格で、気弱な同級生を虐めたり、教師に盾突いたりと、やりたい放題だったそうで。学生時代からヤクザとつるんでいるという噂もあったみたいです」

同級生から借りてきた卒業アルバムを、柏木は小津に手渡した。表紙には『私立浄《じょう》泉《せん》高等学校』という文字が記されている。「川崎市多摩《たま》区にある私立高校です。近所でも有名な不良校で、入試で名前さえ書ければ合格できるような」

付箋が付いているページを開くと、三年五組の生徒の顔写真が並んでいた。「悪そうな顔ばっかだなぁ」と小津は呟いた。その中に、辻森の名前もある。

「在学中にもいろいろとやらかしていたようです。同級生の話によれば、学校内での恐喝は日常茶飯事だったと。不良仲間と一緒に性犯罪も起こしていたらしく、あの本に書いてあったカラオケ店での事件が初犯というわけではないようです」

「余罪があったのか」

「どれも示談で解決していますが。父親がかなりの金額を払ってます。何か悪事を仕出かす度に、周囲には『父親が金で解決するから余裕』とほざいていたそうで」

父親は息子の悪事が自身の出世に響くことを恐れ、表沙汰にならないよう手を回し続けたのだろう。教育方針を誤った結果、これほどの取り返しのつかない事態になってしまったわけだが。

小津は窪から得た証言を班員に報告した。共犯者である窪が辻森を恐れていたことも。西が「半グレにそこまで言わせるって、ガチでヤバい奴じゃん」と感想を漏らしていたが、たしかに誰に話を聞いても辻森の凶悪さが浮き彫りになるばかりだ。本人の「主犯ではない」という主張に対する反証だけが集まっている。

「結局、辻森本人に罪を認めてもらうしかないか」

「十七年間も嘘を吐き続けたのに、今更認めますかねぇ」西が椅子にふんぞり返りながら言った。「こうなったら、碓氷さんちのコネ使って、辻森に自白剤打って尋問しましょうよ」

「あんた、うちの実家を何だと思ってんの。そんなＣＩＡみたいなことできるわけないでしょ」

「じゃあどうしろっていうんですかぁ。他に方法ないでしょ、辻森は塀の中で守られてんだから」

時刻は定時を過ぎていた。続きは明日にして、今日のところは解散となった。真っ先に西が退勤し、その後で横田と柏木が部屋を出て行く。

小津はその場に残っていた。我々は事件を調べることではなく、人を調べることが仕事——碓氷の言葉を思い出す。辻森という人間について、もっと深く理解する必要があるのかもしれない。

辻森に関する捜査資料を漁っていたところ、「小津さんは帰らないんですか」と碓氷が声を掛けてきた。

「うん。辻森をいちばんよく知る人物に、話を聞いてこようと思ってさ」

「誰です？」

「母親」

「なるほど」碓氷が腰を上げ、スーツの上着を羽織った。「私も同行します」

そのときだった。出入り口のドアが勢いよく開いた。何事かとぎょっとして視線を向けると、一人の男が部屋に飛び込んできた。鬼のような形相を浮かべ、大股で小津に詰め寄ってくる。

「小津警視ですか」

「はあ……そうですが」

呆気《あっけ》に取られている小津に、その男は名乗った。

「倉橋です。組織犯罪対策課の」

ああ、と頷く。こいつが噂の。

柏木と同期という話だから、年齢は三十代後半だろう。日に焼けた肌に爬虫類《はちゅうるい》のようなぎょろりとした目、太く吊り上がった眉毛が印象的だ。昭和のヤクザ映画に出て来そうな迫力のある風貌で、柏木に殴られた顔の痣が余計に貫禄《かんろく》を与えている。

「今日、新宿のキャバクラで何をしていたんですか？」

やっぱりその件か。

誤魔化しても無駄だろう。小津は正直に答えることにした。「そこの店長がうちの事件の関係者だから、話を聞きに行っただけですよ」

倉橋は舌打ちした。

「困るんですよ、そういうことされると」

一応、小津の方が歳も階級も上なのだが、倉橋の態度は露骨に横柄だった。どこの組織にも一人はいる、ボス猿タイプの嫌な奴だなと小津は思った。この性格だと、穏やかそうに見えて実は気の強いうちの柏木とは馬が合わないだろう。

「俺が目を付けてたんですよ、あの男は」倉橋が唾を飛ばして声を荒らげた。「おたくのせいで警戒されて、全部台無しだ。どうしてくれるんです。三か月も泳がせて、やっと尻尾《しっぽ》摑めそうだったのに」

こんな窓際部署に縄張りを荒らされたのだから、怒りたくなる気持ちはわかる。おまけに、ここには犬猿の仲である柏木もいる。腸《はらわた》が煮えくり返る思いだろう。「ごめんごめん」と謝ったが、倉橋の怒りはおさまる気配がない。

「どうせあいつの入れ知恵でしょう。……あのホモ野郎、余計なことしやがって」

「倉橋警部、そういう発言は――」

碓氷が食ってかかったが、倉橋は聞き流していた。彼女の言葉だけでなく存在自体も無視しているような態度だった。女は黙ってろ、と顔に書いてある。

「以後、気を付けてくださいよ」倉橋は吐き捨てるように告げた。「次またうちの邪魔をしたら、わかってますよね」

踵《きびす》を返した倉橋の背中に、小津は声を掛けた。「以後気をつけるのはお前さんの方じゃない？」

倉橋の足がぴたりと止まる。

「これ以上、自分の縄張り荒らされたくないんだったら、お前も態度を改めろよ」

「……何が言いたいんです」

倉橋が振り返り、小津の顔を睨みつけた。ちょうどいい機会だ、ここで釘を刺しておくか。

「また俺の部下に因縁つけやがったら、許さねえぞって話だよ。次はお前の班が行確してる銀座《ぎんざ》のママと仲良くなっちゃうからな」

倉橋は鼻で嗤った。半ば脅すような声色で告げる。「そんなことして、クビになりたいんですか」

「別にいいよ、クビになっても。俺はもう老い先短いからな。どんな処分を受けようが、屁《へ》でもない」

「心配いりませんよ、小津さん」碓氷が話に割って入った。倉橋を睨みつけながら言う。「再就職先なら、うちの実家に頼めばいくらでも用意できます」

だってさ、と肩を竦めてみせると、倉橋の顔に青筋が走った。

「まあまあまあ、そんなにプリプリしなさんな。俺はお前の邪魔がしたいわけじゃないし、柏木だってそうだ。仲良くやろうや」

肩を叩きながらそう告げると、倉橋は小津の手を叩き落とし、無言のまま部屋を出ていった。扉が大きな音を立てて閉まった。


「……なに笑ってんの」

運転席に座る碓氷に、小津は声を掛けた。先刻から彼女がずっとにやついていることが気になって仕方がない。

「いや、小津さんもたまにはびしっと言うんだなって」

「ちょっと格好良すぎたよなぁ」

「そうでもないですけど」

「……」

気を取り直して加害者家族宅を目指す。辻森の母親である辻森邦子は今も同じ家で暮らしているとのことだった。大田区にある平屋の一戸建て。一人息子が生まれたタイミングで購入されたマイホームは、外観はすっかり古くなっているが、家を囲む壁だけは比較的新しく見える。何度もペンキを塗り直したのだろう。この白い塗料の下に心無い誹謗中傷の落書きが隠されていることは、容易に想像できた。

小津たちを家の中へと案内しながら、辻森邦子は告げた。「事件の後は、無言電話が鳴りやまなかったり、マスコミに追い回されたり……普通の生活を送ることが難しくて、私たちも精神的に参ってしまって」

その心労が祟ったのか、邦子は病気がちだったと聞いている。彼女は皺だらけの、枯れ枝のような細い手で茶を淹れ、客人に差し出した。

「夫は、人様に顔向けできないと自殺してしまって……本当は私も後を追うつもりだったんですが、思い直したんです。ここで死んで楽になったらいけない、あの子を育てた責任を、あの子が犯したことに対する罰を、ちゃんと償わなければならないって」

戸棚の中から古い木箱を取り出し、邦子は「どうぞ」とテーブルに置いた。事件や息子に関係する物はこの箱の中に仕舞ってあるという。

「拝見します」

　中には何通もの手紙が入っていた。すべて拘置所にいる辻森から送られてきたものだった。

「毎週金曜日に手紙を書いているそうです。土日には死刑が執行されないから、金曜の朝を乗り越えたら、『あと三日は生きられるんだ』って喜びを感じると、手紙に書いてありました」

　辻森はこの十七年間、毎週のように手紙を送り続けているという。だが、邦子が返事を書いたことは一度もないそうだ。

　そのうちのいくつかを手に取った。どれも比較的最近届いたもののようで、便箋もまだ新しい。中身を読んだが、反省していることが窺《うかが》える文面ではなかった。囚人生活や死刑制度に対する不平不満を書き連ねていることが多く、さらには『心配しないで。すぐに出られるから』『俺は悪くない』『絶対に無罪を勝ち取るから待っててほしい』などという前向きな言葉が綴られていた。

　箱の中には数名の名刺も入っていた。刑事や弁護士など、当時事件に関わった者から渡されたのだろう。その中に、気になる一枚があった。坂本啓介――ルポライターという肩書きの、見覚えのある名前。

「あっ」と、碓氷が気付いた。「この人って、あの――」

「ああ、その方は前に取材に来られて、事件のことをいろいろと訊かれました。有名な方なんですか？」

「犯罪についてのノンフィクション本を書いている方で」碓氷は目を細めた。「私、愛読してるんです」

坂本啓介は凶悪事件や死刑囚に纏《まつ》わる著書を何冊も上梓《じょうし》している。仕事柄、加害者家族に取材をする機会もあるはずだ。

「……ところで、この腕時計は？」箱の中を覗き込み、小津は尋ねた。「なかなか立派なものに見えますが」

古いが、そこそこ値が張りそうだ。金色に輝く秒針は止まっている。

出番もなく箱の中で眠っている理由を、邦子は説明した。「その腕時計は、息子からもらった誕生日のプレゼントなんです。……だけど、あの子が逮捕されて、ふと思ったんです。これはもしかしたら、悪いことをして手に入れたお金で買ったものかもしれないって。そう考えると、身に着けていられなくて……いっそ捨ててしまおうかとも思ったんですが、戒めのために残してあります」

辻森がまだ塀の外にいた頃に贈られたものだという。

文字盤には会社のロゴが刻まれている。碓氷曰く、これはオーストリア発のジュエリーブランドの商品らしい。手に取って眺めながら、告げる。「このブランドの腕時計なら、だいたい五万から十万円前後の価格帯ですね」

「さすが、よく知ってるな」

「昔、父に買ってもらったことがあるので。小学校の入学祝いに」

「小学生で十万の腕時計か……」

「ハイブランドというわけではないですが、借金のある辻森が手を出すには、ちょっと無理してますよね」

「お袋さんには良いもん贈りたかったんだろうなぁ」

辻森は、母親の誕生日には毎年必ず贈り物をくれたという。碓氷の「お母様から見て、息子さんはどんな子供でした？」という質問に、邦子は視線を落とした。

「優しい子でしたが……少し、気難しいところもありました。かっとなりやすい性格で、自分の意見を否定されると不機嫌になるんです。昔はすごくいい子だったんですけど、悪い友達と付き合うようになってからは、言葉遣いもどんどん悪くなって……夫とは、毎日のように言い争っていました」

辻森は父親との折り合いが悪かった。学生時代は毎日のように「駄目な奴だ」「出来損ないだ」と罵られていた。そのせいか、学歴に対するコンプレックスが強いきらいがあったと、邦子は語った。

「……見て見ぬふりを、してしまったんです」

邦子は消え入りそうな声で告げた。視線を窓の外に向け、言葉を続ける。

「高校に入学した頃のことでした。この家の庭に小さな物置小屋があるんですが、私が帰宅したとき、その物置の方から声が聞こえてきて……中を覗いてみたら、息子とその友達が、同級生の男の子に暴力を振るっていたんです。複数で、一人の子を虐めていて」

邦子は両手で顔を覆った。自分の子供の狂暴性を目の当たりにし、足が竦んでしまったという。

「私、息子のことが怖くなって……その場から逃げ出してしまったんです。自分の子供なのに、止めに入ることができなかった。口出しすれば自分も殴られるんじゃないかって、そんな風にも思ってしまって、動けなかった。後で夫にも相談しました。そしたら、あの人は一言、『忘れろ』と」あのとき私が止めていれば、と邦子は肩を震わせながら告げる。「私が、ちゃんと叱っていれば、正之はあんな人間にならなかったんです。私のせいなんです、私たちの育て方が悪かったんです……本当に、申し訳ないと思っています」

すみません、すみません、と何度も繰り返し、邦子は頭を下げた。

その姿に、無性に胸が締め付けられた。同時に、過去を思い出さずにはいられなかった。自分もそうだった。あのとき自分が何かしていれば、織部は罪を犯さなかったかもしれないと。ずっと後悔していた。

「あの子がちゃんと罪を認めて、反省してくれることだけが、私の望みです」邦子は最後にそう言った。

「でしたら、協力していただけませんか？　我々も彼に罪を認めさせたい。そのためには、母親であるあなたの力が必要なんです。ただ……その結果、息子さんには憎まれることになるかもしれませんが」

「構いません」

強い口調で答えた邦子に、小津は告げた。

「では、手紙の返事を書いてください」

「良い警官と悪い警官でいきますか？」

隣に座る柏木が尋ねた。東京拘置所の面会室で辻森を待っている間に、軽く段取りを確認する。

「飴《あめ》なんて必要ないだろ。悪い警官二人でいいよ」

「ですね」

「遠慮はいらんぞ」

「任せてください。ヤクザを相手にするより楽でしょうし」

ドアが開いた。白いスウェット姿の辻森が現れ、向かい合うように腰を下ろす。普段は拘置所の職員が同席するものだが、今日は手回しして席を外してもらった。

小津と柏木の顔を見た途端、辻森はやや落胆したような表情になった。その理由には察しがついている。最初にこの場で面会した際、小津は辻森の視線が気になっていた。碓氷を見るときの、あの嬲《なぶ》るような目つきが、性犯罪者のそれだったのだ。だから、こいつはクロだと確信していた。

「今日は、あの女の刑事さんはいないんですか？」

という辻森の質問に、

「別の奴を連れてきた」と返し、小声で付け加える。「彼女を見るお前の目、キショいから」

「は？」辻森の眉間に皺が寄る。「今、なんて――」

試合開始直後の意表を突くジャブとしては十分だろう。辻森が言い返そうとしたところで、柏木が先に口を開く。「辻森さん、初めまして。警視庁捜査一課確定死刑囚捜査班の柏木と申します」

笑顔で名乗った柏木に、辻森は興味がなさそうな顔で「どうも」と返した。すっかり機嫌を損ねてしまったようだ。

「それで、あの二人が主犯だって証拠は摑めたんですか？」

「いえ、まだ何も」

辻森の舌打ちが聞こえてきた。「そんなんだから、警察は無能だって言われるんですよ」

「誰が言ってるんです？」

「あ？」

「誰が、警察は無能だって言ってるんですか？」

「いつも叩かれてるじゃないですか。マスコミとか、世間に」

「へえ、彼らの言うことを鵜《う》呑みにするんですね」

「……何が言いたいんですか」

新調したばかりの眼鏡を掛け直し、柏木は口を開いた。「ニュースの報道やネットの記事は断片的な情報でしかない。それなのに、人はさもすべてを知ったような気になって、勝手に真実を決めつけて、他者を攻撃する。辻森さんもいろいろと苦労されたでしょう。皆があなたを主犯だと思い込み、正義感を振りかざして責め立てた。あなたに対する世間の悪口は酷いものでした。ご実家の壁は罵詈雑言で埋め尽くされ、お母様がひとりでペンキを塗り直したそうですよ」

母親の名前が出た瞬間、辻森の顔が微かに強張った。

「これまで散々あることないこと書き立てられてきたのに、まだ彼らの言うことを妄信してるとは思いませんでした」

柏木は鼻で嗤った。

辻森の目つきが鋭さを増す。「……そんなことはいいから、早くどうにかしてください。新しい証拠を持ってきてもらわないと、再審請求できないんですよ」

「辻森さんは最近、死刑制度について勉強なさってるそうですね」

突然話題を変えた柏木に、辻森は露骨に苛立った顔を見せた。いい調子だ。

「死刑について、どう思われます？」

「当然、反対に決まってるでしょう、あんな問題だらけの制度。海外じゃ死刑を廃止する国が増えてるのに、日本は時代に逆行してる」

「問題だらけ、ですか」柏木は苦笑した。「すみません、勉強不足で。具体的にどういうところが問題なのか、教えていただけませんか」

「冤罪ですよ。蛭岡事件みたいなことが、今後も起こりかねないでしょう」

「本当に冤罪だったんですかね？」

「……は？」

柏木の言葉に、辻森は唖然としている。

「蛭岡さんは、本当に無実だったんでしょうか」

「真犯人が名乗り出たんだから、無実に決まってる」

「たとえば、その真犯人が、死刑反対派の団体が用意した偽者だったとしたら？　冤罪をでっち上げて世論を動かし、死刑を廃止に追い込もうとしているのかもしれませんよ」

「陰謀論に逃げるつもりですか。呆れたな、あんな大きな過ちを犯しておいて」

「過ちは誰にでもあるでしょう。二度目はありません」

「はあ？　何言ってるんですか」眉をひそめ、辻森は語気を強めた。「その過ちで無実の人を殺してしまったんですよ？　一度だって許されることじゃない」

「警察もちゃんと反省して、対策しています。その問題を解決するために、我々のような捜査チームが作られたんですから」

辻森は「問題はそれだけじゃない」と畳みかけた。

「死刑制度は犯罪の抑止になってない。むしろ、死刑があるから殺人が起こる。死刑になりたくて人を殺す奴がいるでしょう」

「死刑制度が廃止されたら、今度は刑務所に入りたくて人を殺す者が増えるのではないでしょうか」辻森の主張に、柏木が反論する。「あなたは塀の中でぬくぬくと暮らしていたからご存じないでしょうが、この二十年で外の世界は大きく変わりました。物価は高くなるのに給料は上がらない。社会はどんどん貧しくなってる。三食満足に食べられない人もいるし、屋根のないところで生活せざるを得ない人もいる。毎日必死で働いてるにも拘わらず、死刑囚の方が衣食住揃った良い暮らしをしてるなんて、やってらんないですよ」

辻森は貧乏揺すりを始めた。話の主導権を渡さない柏木に居心地の悪さを感じているのだろう。

「やめとけやめとけ」小津は口を挟んだ。「柏木はな、良い大学出てるエリートなんだよ。お前みたいな底辺校出身の頭じゃ一生勝てねえって」

辻森が小津を睨んだ。かなり頭にきているようだ。わざとコンプレックスを刺激するような発言をしたわけだが、効果は目に見えて絶大だ。

辻森が柏木に視線を戻す。「……死刑制度は、刑務官の精神的負担にもなる。人に人を殺させるのは、非人道的だと思いませんか」

「でしたら、こうするのは如何《いかが》でしょうか？　執行ボタンを押す役や死体を支える役を、あなたたち死刑囚にやってもらうんですよ。そうすれば刑務官の手を煩わせることもないですし、同じ死刑囚が苦しみながら死ぬ姿を目の当たりにすることで、自らの犯した罪の重大さを自覚し、より反省を促せると思うんです。どうです？　名案だと思いませんか？」

「いいな、それ」小津は声を弾ませた。「さっそく、矯正局のお偉いさんに提案してみるか」

「ええ、そうしましょう。古い慣習にいつまでも捉われず、そういう新しい試みを取り入れていくことは大事ですよね」

そのときだった。

「……うるせえんだよ」

辻森が低い声で唸った。

「死刑囚の人権はどうなるんだよ」歯を剝き出し、声を張りあげる。「俺たちだって人間なんだぞ。俺たちはどうなってもいいってのか」

「自分の都合で何人も殺してきたくせに、仕事で殺すのは嫌か。我儘《わがまま》言ってんじゃねえぞ」

ドスの利いた柏木の声が面会室に響き渡った。その豹変《ひょうへん》ぶりに、辻森も戸惑っている。

「だ、だいたい、たった一度の過ちで、なんで殺されなきゃいけないんだよ。なんでやり直すチャンスをくれないんだよ」

「たった一度？」柏木が鼻で嗤う。「無実の人を殺したんだ、一度でも許されることじゃない。——お前、自分が言ったこと忘れたか？」

辻森が目を見開いた。

「被害者に言われたんだってな。『息子の誕生日だから』って。お前、羨ましかったんだろ？　父親から誕生日プレゼントなんて買ってもらったことないからなあ。羨ましくて、悔しかったんだろ？　大事にされてる被害者の息子が憎くて堪らなかった。それで腹が立って、殺しちまったんだよな。息子を悲しませて、嫌がらせしてやりたかった。そうだろ？」

辻森は反論できずにいた。顔を強張らせ、血走った目で柏木を睨みつけている。

柏木は容赦なく言葉を続けた。「なにが『顔を見られたから殺した方がいい』だ、ああ？　尤もらしいこと言いやがって。お前はただ、自分のコンプレックスを刺激されてムカついた。父親に愛されなかった可哀《かわい》そうな自分を思い出して、惨めな気持ちになった。だから殺したんだ」

柏木の挑発を受け流すだけの冷静さは、今の辻森に残っていなかった。「てめえ、ぶっ殺すぞ！」と怒鳴り、椅子から腰を上げた。

「やっと本性出しやがったな」

かっとなりやすい性格。自分の意見を否定されると不機嫌になる。学歴コンプレックス。――母親の言う通りだ。もう一押しだろう。小津は腰を上げ、板越しに辻森に歩み寄った。

「お前の母ちゃんから手紙を預かってきた」

懐から取り出した便箋を、透明の板に押し付ける。

「ほら、この字。母親の直筆だってわかるよな？　読んでみろよ」

肩で息をしながら、辻森が手紙に顔を近付ける。

「再婚して、今は新しい家族と仲良く暮らしています。立派な息子もいて、幸せに暮らしています、だってさ」

「……は？　再婚？」

辻森が啞然とした表情を浮かべた。

「読解力のないお前のために直訳してやろうか」柏木が半笑いで告げる。「拘置所から出てこられても、母さんは迷惑ですって言ってんだ。頑張って嘘吐いて無罪になったとしても、塀の外にお前の居場所なんかねえんだよ。母親はお前が邪魔だから、ずっと檻《おり》の中にいてくれって思ってる。十七年間返事が来なかったのは、お前のことなんてもうどうでもいいからだって、お前だってとっくに気付いて──」

「うるせえ！」

辻森が叫んだ。

怒りを露《あらわ》に、アクリル板を殴りつける。「全員、殺してやる！　お前も！　あのクソババアも！」

「イキがんなよ」柏木が笑い飛ばした。「お前が殺すって？　できるわけねえだろ。

お前はただの言いなりで、殺したのは他の二人なんだよな？　腰抜け野郎のお前には人を殺す度胸なんてない――」

「俺がやったんだよ！」

その一言を待っていた。

「俺が殺した！　度胸がねえのはあの二人の方だ！　あいつらが腰抜けだったから俺が殺してやったんだ！」

辻森は母親だけが心の拠り所だった。その唯一の希望が潰《つい》えてしまえば、自棄になって口を滑らせる可能性が高い。だからこうして、怒りで理性を鈍らせるために挑発を繰り返した。柏木がこちらに目配せする。うまくいきましたね、と。

小津は椅子に腰を下ろし、静かに語りかけた。「お前だって、度胸のねえ腰抜けだろうが」

「……あ？　なんつった、ジジイ」

「仲間がいないと何もできない腰抜けだ。これまでお前がやってきた犯罪は、すべて仲間がいた。高校のときも、卒業してからもな。結局お前は、一人じゃ何もできないんだ」

辻森はいつもグループで犯罪行為に及んでいる。本件の強盗殺人でも前科の性犯罪でも、彼には常に共犯者がいた。

「群れていないと何もできない、腰抜けだよ」

「……違う」辻森が首を振る。「俺は一人でもやれる」

「はいはい、わかったわかった」

軽くあしらうと、

「――他にも一人殺した」

辻森はそんなことを言い出した。

「嘘吐くなって」

「嘘じゃねえ。後尾《つ》けて、レイプして、殺した」にやにやと笑いながら言う。「俺ひとりで、やった」

小津と柏木は顔を見合わせ、眉をひそめた。

「誰を殺したんですか？」

「さあな。知らねえ女だよ」

「急にお喋りになったな」

辻森は舌打ちを零し、投げやりな態度で答えた。「……どうせ死刑なんだから、もうどうでもいい」

拘置所を後にし、本庁に戻った。オフィスに帰ってきた小津たちに、碓氷が首尾を尋ねた。「どうでした、辻森は」

「認めたよ、自分が主犯だって」

「十七年も嘘を吐き続けたのに、意外とあっさり落ちましたね」

見事に作戦がハマった結果となった。小津は同行者を称《たた》えた。「柏木のおかげだ。チンピラの相手はチンピラに任せて正解だった。やっぱ餅は餅屋だな」

「化け物に化け物ぶつける理論だぁ」西が声を弾ませる。「フレディ vs ジェイソン的な」

「ゴジラ対メカゴジラじゃない？」

「昭和だなぁ」

「私はたいしたことしてませんよ」柏木が謙遜する。「それより、母親の手紙が効きましたね」

邦子に嘘の手紙を書かせたことは心苦しいが、こうでもしないと辻森を動揺させることはできなかっただろう。

「じゃあ、本件の捜査はこれで終了っすか」

締めようとする横田に、小津は待ったをかけた。「それが、辻森がちょっと気になること言い出しちゃってさ」

面会中に辻森は余罪について言及した。女を一人殺したと。十七年前、車のナンバーの件で事情聴取をされた、その日の帰り道に知らない女を尾行して強姦したというのだ。

「『もうすぐ捕まる可能性があるから、ムショに入る前に一発やっときたかった』って言ってた」

「……どこまでもクズですね」碓氷が顔をしかめた。「その遺体は、どこに遺棄したんですか？」

「わかんない。燃やしたとか言ってたけど。その後はだんまりで、何を訊いても『教えるわけねえだろ、クソ刑事』だったから」

柏木が苦笑する。「さすがに虐めすぎましたね」

「記録によると、辻森が事情聴取を受けたのは二〇〇七年の八月十九日です。それ以降に都内で発見されて、二十代の女性で、燃やされた遺体――」西がキーボードを叩き、データベースを検索する。「死亡推定時刻を辻森の逮捕前までに絞り込むと、そんなに件数はないでしょうけど」

二〇〇七年八月十九日以降に発見された二十代女性の遺体で、なおかつ燃やされた形跡のあるものを片っ端から洗い直すことにした。火事による事故死や放火事件、焼身自殺、爆発事故等も念のため候補に入れておく。

全員で手分けして調べたが、目ぼしい遺体は見つからなかった。どれも解決済みである。事故や自殺事件の遺体においても辻森が介入した形跡はなかった。

「辻森のハッタリじゃないすか?」

「もしくは、まだ遺体が発見されてないか」

「だとしたら、十七年前の行方不明者を調べる必要がありますね」

そのときだった。

「——あの」

と、碓氷が声をあげた。

「どうした?」

「気になる事件があるんです。辻森が事情聴取を受けた翌日八月二十日に、身元不明の女性の遺体が目黒区の公衆トイレで発見されています。ガソリンをかけて火をつけられたようで」

「……目黒区のトイレ?」小津はすぐに思い至った。「それって、あの女子高生連続殺人じゃないか」

「そうです。この遺体も、星野恭一の犯行として起訴されています」

小津は当時、その捜査本部にいた。碓氷にとっても因縁のある事件である。

「容疑者の星野恭一が遺棄現場の近くをうろついている姿を、パトロール中だった警官が目撃したらしいんですが……星野は公判で三件目の殺人については認めていないんですよ」坂本啓介の著書にはそう書いてあった、と碓氷は説明した。

「罪を軽くしようとして、嘘を吐いただけでしょ」西が笑い飛ばした。

「すでに二人殺してるんだし、死刑は確実の状況だった。嘘を吐く必要ある？」

「もし仮に、星野のその主張が事実だとしたら、警官の方が嘘を吐いてたってことになるが……」

「ええ。この目撃証言は、勇み足の警察がでっち上げた偽証かもしれません」

早く容疑者を引っ張りたいが故に虚偽の証言をしたのだろうか。その可能性は否定できない。現に、あのときの帳場はピリピリしていた。上層部からも被害者遺族からも、マスコミや世間からもプレッシャーを掛けられ、早く解決しなければという焦りもあった。誰かが暴走してもおかしくない状態だった。

「それって、つまり」西が尋ねる。「この三件目の事件が星野じゃなくて、本当は辻森の仕業かもしれないってこと？」

「……まあ、あり得ない話じゃないな」

碓氷の推察に、小津の中にも思うところがあった。現場にいた自分はあのときの空気感を知っている。捜査の方向性に違和感があったことも、よく覚えている。星野の死刑判決を以てこの事件の捜査も打ち切られてしまったため、三人目の遺体の身元については結局わからず仕舞いだった。

「とりあえず、その警官に話を聞いてみるか。調書に名前が載ってるだろ。西、今どこにいるか調べてくれ」

職員データを検索してから、西は首を振った。「あー、いませんねえ。佐多博俊《さたひろとし》巡査部長はもう依願退職してます。懲戒処分を受けて」

「懲戒？　何やらかしたの？」

「横領ですね。証拠品の拳銃やら薬やらを盗んで、知人の暴力団員に横流ししてたみたいです」

「そういやあったなぁ、そんな不祥事」

「ニュースにも名前出てますすよ」

佐多博俊で検索したところ、確かに事件についてのネット記事が出てきた。佐多元巡査部長は知人の暴力団員から多額の金を借りていたが返済が追い付かず、言いなりの状態だったようだ。

「それ、覚えてます。たしか相手は鳳城会の組員ですよ」柏木が思い出した。「菅沼というヤクザが、その当時闇金業を営んでいまして。違法な貸し付けは勿論、負債者に生命保険を掛けて飛び降りさせるという、かなり黒いことをやっていたんですが」

「……菅沼」

その名前には覚えがあった。

「下の名前は？」

「仁志です。菅沼仁志」

思わず息を呑む。

黙り込んだ小津に、碓氷が尋ねた。

「知ってるんですか？」

いや、と首を振る。

菅沼仁志――織部が殺した男だ。

第三話　織部保懲役囚（二〇一四年　渋谷区暴力団員バラバラ殺人事件）

二〇〇七年、この年は平年より梅雨《つゆ》明けが遅かった。ぐずついた天気から東京が解放されたのは八月に入ってからのことで、それ以降は連日三十度を超える真夏日が続いている。特に今日は蒸し暑く、都内の最高気温は三十五度を超えていた。そんな猛暑日の中、小津は相棒を連れて被害者宅を訪れた。

『この男、ご存じないですか？』

男の顔写真を遺族に見せる。女子高生の両親はしばらくそれを凝視していたが、思い至る人物はいなかったようだ。『……知りません』

『そうですか』

『この男が、犯人なんですか？』

『いえ、まだ何とも』織部が即座に否定した。

本件において小津と織部は被害者家族とのパイプ役を担当していた。今日この家に来たのは、新たに浮上した容疑者についての確認を取るためだった。

『今はまだ、この男が事件に関与しているかどうか調べているところです。名前は星野恭一、三十六歳。何か覚えはありませんか？』

母親は何も喋れなくなってしまった。父親が『いえ、まったく』と首を振る。声も表情も憔悴《しょうすい》しきっている。無理もないだろうなと思う。大事な一人娘があんな目に遭ったのだから。何かわかったらすぐに連絡します、という口約束を告げて、小津たちは被害者宅を後にした。

来る度に思うが、立派な一軒家だ。築年数もまだ新しい。ガレージ付きで、車は二台。建てた当初は、まさかこんな未来が待っているなんて想像もしていなかっただろう。夢と希望の詰まった新築のマイホームは、今や禍々《まがまが》しい絶望で覆われている。

こういった事件が起こる度に思い知らされる。どんな人間もどんな家庭も、何の前触れもなく唐突に犯罪に巻き込まれ、日常を理不尽に奪われてしまうものなのだと。

炎天下に放置していた捜査車両に乗り込む。中は蒸し風呂のようで、噴き出した汗が一昨日から着ているワイシャツを濡らした。そろそろ着替えなければと思う。

帳場が立ってからは泊まり込みが続いているというのに、織部のシャツはいつ見ても綺麗だった。家族か恋人か、誰かが着替えを届けてくれているのだろう。独り身の自分とは違うな、と小津は自嘲した。

織部は若く、体力もある。それでも連日の猛暑の中の地取り捜査は堪《こた》えているようだ。いつも明るく溌剌《はつらつ》としている彼が、今日は珍しく草臥れた顔で溜息を吐いた。

『被害者やその家族を前にすると、いつも気が重くなりますね』

ハンドルはまるで焙《あぶ》られた鉄のように熱く、織部は握ることができずにいた。代わりに車の窓を開けながら、『捜一に入って二年経つけど、いつまで経っても慣れませんよ』と弱音を漏らした。

たしかに被害者遺族と話をするのは心にくる。できればやりたくない仕事のひとつだ。酷な役目を押し付けられたものだと小津も嘆息した。

『その気持ち、忘れるなよ。刑事として必要なことだからな。こうして被害者やその家族が苦しんでる姿を目に焼き付けることで、犯人や犯罪への憎しみが生まれる。それが刑事の原動力になる』

という小津の言葉を、織部は律儀にメモしていた。『手帳に書くな、心に刻めよ』と文句を言いつつも、その真剣な姿が可笑《おか》しく、素直で可愛い奴だと思った。

『この事件が無事に解決したら、お前の好きなもん奢ってやる』

『寿司でもいいですか』

『おう、任せろ』

『そんなこと言って、どうせいつもの居酒屋になるんじゃないですか』

笑って誤魔化していると、捜査本部から呼び出しが入った。二人は急いで帳場へと戻った。

目黒中央警察署の講堂に設置された「目黒区女子高生連続殺人事件」の捜査本部には二百名ほどの捜査員が集まっていた。冷房が壊れているのか、講堂内もサウナのような状態だった。扇子や冊子を使って風を起こす音があちこちから聞こえてくる。何日も風呂に入っていない男たちが醸し出す汗臭さに耐え切れないのか、本部の指揮を執る管理官が窓を開けていた。

事件の被害者二名はいずれも高校生で、下校中に襲われたと見られている。死体が発見された場所はどちらも公衆トイレ内だが、一件目は目黒中央警察署、二件目は碑《ひ》文谷《もんや》東警察署の管轄内であった。二つの所轄の合同捜査に警視庁捜査一課も加わることになり、小津と織部も半年ほど前から駆り出されている。

長机の椅子があらかた埋まったところで、捜査会議が始まった。

『目黒区内で、またも女性の遺体が発見された』

目黒中央署の杉原敬一刑事部長が低い声で告げた。

『被害者の身元は不明。年齢は十代から三十代とみられる。発見場所は公園内の公衆トイレ。犯人は遺体に火をつけて証拠隠滅を図ったようだが、通報により駆け付けた消防によって早めに消し止められたため、全焼は免れた』所轄の刑事課長が説明を引き継いだ。『ただ、手口が酷似していることから、これまでの二件の殺人と同一犯の犯行である可能性が高い』

捜査員各自の報告を聞きながら、小津は手元の資料を捲《めく》った。今回新たに発見された遺体と現場の写真が並んでいる。手足は辛《かろ》うじて無事だが、遺体の顔や胴体は丸焦げだった。暴行し、殺害し、燃やして遺棄——たしかに、過去二件の女子高生殺人とやり口がそっくりだ。

遺体が燃やされていたという情報はマスコミや世間には伏せてある。犯人しか知り得ない情報だ。つまり、模倣犯である線は薄い。刑事課長の言う通り、この事件は同一犯による第三の事件と考えるのが妥当だろう。

『……婚約指輪』

不意に、隣に座る織部が小声で呟いた。

捜査会議中、織部は資料を食い入るように見つめていた。その中にある遺体写真に真剣な眼差しを向けている。手元を大きく写した一枚。たしかに、遺体の左手薬指には指輪があった。唯一身に着けていた遺留品だ。

小津ははっとした。『被害者は結婚してるのか』

鑑定結果によれば、その指輪はブランドものではないらしく、購入店舗は不明だという。経済事情は人それぞれだ。生涯の伴侶に安物の指輪しか贈ることのできない男だっているだろう。イニシャルのような情報も刻まれておらず、身元の特定には至らなかったが、年齢層を絞り込むことはできる。

『既婚者だとしたら、十代である可能性は低いな。少なくとも女子高生じゃない』

被害者は二十代以上。だとしたら、この捜査本部は戒名を書き直す必要がある。連続女子高生殺人ではなく、連続婦女殺人に。

それにしても、不可解である。二件目までは高校生が狙われていたというのに、どうして三件目にして被害者層が変わったのか。理由がわからない。いや、そもそも理由なんてものはないのかもしれない。こんな理不尽な殺人に。

織部は黙り込んでいた。俯き、まるで目に焼き付けるかのように、遺体の写真を凝視している。滝のように流れる汗が紙の上に落ち、インクが滲んでいく。

『どうした、織部』

声を掛けると、織部は掌で顔を拭き、資料から視線を外した。

『……小津さん、さっき言いましたよね。犯人や犯罪への憎しみが、刑事の原動力になる、って』

『ああ、言ったな』

『よく理解できました』織部は強い口調で告げた。『絶対に、この犯人に罪を償わせます』

その目は赤く血走っていた。

これほど真面目で、誠実で、熱い正義感に溢れる男は見たことがないと思った。こいつは将来立派な刑事になるだろうと、小津はそのとき確信を抱いた。

殺人事件というものが身近にある環境に長年漬かっていると、人を殺すことへの抵抗心が薄れてしまうものなのかもしれない。二〇一四年に起こったバラバラ殺人事件の犯人は、凶悪事件の捜査を担当する警視庁捜査一課に所属していた元刑事だった。

織部保が捜査一課にいたのは二十代の頃。期待のホープと評される優秀な捜査員だったが、二〇〇九年に辞職した。理由は唯一の肉親である父親が他界し、家業の理髪店を継ぐためだった。上司や同僚からは退職を惜しむ声が多かったという。

理容師としての第二の人生を送っていた最中に、その事件は起こった。行きつけのバーから帰る途中、織部は通行人を車で撥ねてしまった。飲酒運転が発覚することを恐れ、警察には通報せず、男の遺体を車に載せて走り去った。

死体の処分に困った織部は、男の体を細かく切断し、川や池、公園等の場所に遺棄した。後日、犬の散歩中だった老人が、公園の茂みの中から切断された人間の右手首を発見したことで事件は発覚した。遺体を切り刻んだのは死因が特定されないようにするためであり、別々の場所に遺棄したのも捜査を攪乱《かくらん》する狙いがあった。

遺体の身元は暴力団の構成員。被害者には前科があり、ＤＮＡ鑑定によって早々に身元が特定された。これは織部にとっては誤算だったが、警察は暴力団同士の抗争による殺人であると判断したため、結果としては目論見《もくろみ》通り捜査は難航した。

事件が動いたのはその一か月後。事件当日の被害者の足取りを追っていくうちに、警察は防犯カメラに映る不審な車を発見した。ナンバーを照会したところ、その車の持ち主が元刑事の織部だと判明した。車のトランクに付着した血痕と被害者のＤＮＡが一致し、警察は逮捕に踏み切った。

自らの古巣である捜査一課の取調べを受けた織部は、衝撃の供述をした。車で撥ねた直後は、まだ被害者には息があったというのだ。病院に連れていかず、自らの手で首を絞めて殺した。自動車運転過失致死罪ではなく殺人罪が適用され、加えて死体遺棄や死体損壊等と、犯した罪は非常に悪質であった。

判決は懲役十五年。人命救助よりも事故の隠蔽を優先した元刑事は、自身の行いを悔い改め、今は模範囚として罪を償っている。

坂本啓介著『悪徳警官事件簿』

碓氷から借りた坂本の著書を、小津は老眼鏡越しに睨みつけた。

ここにある被害者の暴力団員というのが、菅沼仁志だ。警官を脅していたヤクザが元警官に轢《ひ》き殺されるとは。なんという因果だろうか。

借金のある警官を強請り、金品を横流しさせていた暴力団員を、織部が殺した。これをただの偶然と片付けていいものなのだろうか。心の中に妙な胸騒ぎが芽生え始める。

「――ちょっと、聞いてくださいよ」

小津ははっと我に返った。西が何やら大声で騒いでいる。

「何、どうしたの」

「くるみんが飲酒疑惑で炎上してるんですよぉ」

「くるみんって十五歳でしょ？　やばくない？」

眉をひそめる碓氷に、西が涙声で返す。「もうショックですよ……こんな、社会のルールを守らないような子だったなんて」

「くるみんだって、社会のルールを守らなかったお前に言われたくないだろうよ」

「おまけにどこで酒飲んだと思います？　合コンですよ、合コン。同じ地下アイドルの野郎共とバーで飲み会してんですよ」

「十五歳で飲み会って……」

「世も末っすね」

パソコンの画面を睨みつけながら、西は鬼の形相で文句を垂れている。「男のSNSに酒と一緒に写り込むとか、プロ意識低すぎ。そんなんだからいつまで経っても売れないんだよ。三流が」

「嫌なファンだな……」小津は顔をしかめた。

「あ、この店」西のパソコンを覗き込み、柏木が画面を指差す。「鳳城会が飼ってる半グレのバーですね。もしかしたら、酒だけじゃなくて大麻もやってるかも」

「柏木さん、追い打ちかけるのやめてもらえます？」

西は「今日もう仕事にならないんで帰っていいですか」と半泣きだったが、許可するわけにはいかない。

「いいから仕事するぞ、仕事」

「仕事って……辻森の件も片付いたし、しばらくやることないじゃん」

「あるよ。辻森が自供した別件の殺人」

二〇〇七年の八月、事情聴取の帰りに女性を強姦し殺害したと、辻森正之死刑確定囚は自白していた。

ちょうどこの時期に、身元不明の女性の遺体が目黒区の公衆トイレに遺棄されている。灯油をかけて燃やされ、ほぼ丸焦げの状態だった。この手口は連続女子高生殺人と同じだったため、同一犯の犯行として星野恭一が逮捕されている。一連の捜査の結果、この三件目の事件においては星野は冤罪であり、真犯人は辻森なのではないかという疑惑が確捜班の中で浮上したところだった。

「えー、めんどくさぁ」西はすっかりやる気を失っている。「辻森も星野も二人殺してることは確実なんだし、今更死刑判決が覆ることはないですよね？　だったら調べなくてもいいんじゃないですか」

「証言が出ちゃったからには無視するわけにもいかんだろ。いいじゃないか、どうせウチは暇なんだし」

上からの指示はないが、調べておかないと座りが悪い。ずっと昔にやり残した仕事が心に引っ掛かっている。そんな気分だった。

小津はホワイトボードに星野恭一の写真を貼りつけた。眼鏡で小太りの男。当時三十六歳。星野死刑囚と辻森死刑囚の顔写真を並べながら、「とりあえず、検察、所轄、弁護士事務所……関係各所から情報集めてくるか」と提案する。

「女子高生連続殺人事件の担当は、目黒中央署と碑文谷東署ですよね？」

「そう。みんなで手分けして行ってきて。戻ったら、今日は上がっていいから」

「小津さんだけ留守番ですか。ずるいなぁ」

「俺は他にやることあんの」

西の文句を一蹴し、小津は出掛ける支度を始めた。


検察庁と渋谷第一警察署を回り、それから自宅に直帰した。

単独行動で各所に寄ったのは織部についての情報を入手するためだ。最初に遺体の一部が発見されたのは渋谷第一署の管轄内の公園であり、織部を引っ張ってきたのも同署だった。

借りてきた捜査資料のファイルを小脇に抱え、自宅のドアを開ける。誰もいない部屋に向かって「ただいま」と呟く癖は、独り身になって二十年近くが経つのに直らない。結婚した頃は一軒家に住んでいたが、十五年ほど前にこの１ＬＤＫの単身者向けマンションに引っ越した。妻が他界してからというもの、家の広さに耐えられなくなったのだ。夫婦の思い出が詰まった場所を捨てることには抵抗があったが、誰もいない部屋を見る度に後悔に苛まれることの方が、苦痛でならなかった。

殺風景な部屋だ。ただ家に帰って寝るためだけの空間で、警察の単身寮と然程《さほど》変わらない。家具はローテーブルとベッドのみ。他には妻の仏壇があるくらいだ。

冷蔵庫の中から缶ビールを取り出し、所轄から借りてきた捜査資料をテーブルの上に広げる。織部に近しい存在であったため、当時の小津は捜査に一切関わらせてもらえず、事件についてはマスコミが発信している程度の詳細しか知らなかった。

いや、知ろうとしなかったのか。

あの頃は、何も知りたくなかった。織部の犯罪から目を背《そむ》けたかった。だが、あれから十年が経った今なら向き合えそうな気がしていた。ビール片手に現場写真や供述調書に目を通す。取調べ中に小津が部屋に乱入し、織部を何度も殴りつけた記録は削除されていた。有難いことだが、警察の隠蔽体質に失笑が漏れてしまう。

調書には、飲酒運転でたまたま轢いてしまっただけで、被害者とは面識がなかったという織部の供述が記されていた。はたして本当に偶然だったのだろうかと疑いたくなる。

たとえば、例の佐多という警官と織部の間に何らかの繋がりがあったとしたら。ヤクザに脅されている知人を救おうとして、織部がこの犯罪に手を染めたのだとしたら。

「……ってのは、都合が良すぎるか」

独り言を呟き、小津は溜息を吐いた。缶の中身を一気に呷る。

自分でもわかっている。織部がただの人殺しだと思いたくないだけなのだ。この殺人に意味を持たせ、可愛い後輩をダークヒーローに仕立て上げようと躍起になっている。碓氷にはあれこれ忠告したくせに、当の自分はこれ以上ないほど殺人犯に肩入れしてしまっているのだから、世話がない。

二本目の缶ビールを開け、小津は碓氷から拝借した本を開いた。ルポライターの坂本啓介が上梓した『悪徳警官事件簿』――こんなタイトルの書籍に相棒が載っているということ自体が、耐え難かった。

「なんで殺しちまったんだろうなぁ……」

織部はそんな奴じゃなかったはずだ。飲酒運転をするような、そして保身のために人を殺すような、そんな人間じゃなかった。正義感の強い、立派な刑事だったというのに、それすらも自分の単なる思い込みだったというのか。すべては織部という男に勝手に抱いていた幻想に過ぎず、あの男の本質を見抜けていなかっただけなのか。

本の巻末には著者のプロフィールが載っていた。坂本啓介は都内の有名私大の法学部卒で、元は新聞社にいたが、退職してからフリーで活動しているとある。著者近影も添えられていた。見たところ歳は四、五十代くらいか。

織部に関する記述中には、『自身の行いを悔い改め、今は模範囚として罪を償っている』という一文がある。面識があるような口振りだ。坂本も織部と拘置所で面会したことがあったのかもしれない。それとも手紙のやり取りをしていたのか。二人の間でどんな会話が交わされたのか、織部が事件についてどのようなことを語っていたのか、気になった。

坂本啓介について調べてみたところ、SNSのアカウントを見つけた。メールアドレスも記載されている。

期待してしまっていることは否定できない。だが、調べてみないことには、その期待を否定することもできない。小津は意を決して坂本に連絡を入れた。取材した過去の事件について話を伺いたい、と。

相手からはすぐに快諾の返事がきた。さっそく明日会うことになった。さすがはフリーランスのライターだ。フットワークが軽い。


この日、坂本は仕事でちょうど警察庁に足を運ぶ予定とのことなので、駅付近の喫茶店で落ち合う約束をした。昼休憩になると小津は庁舎を抜け出し、指定の時間よりも少し早めに店へと向かった。腹ごしらえをしながら坂本を待っていたところ、思わぬ人物が現れた。

「……なんでお前がここにいるの」

小津は驚き、目を丸くして部下を見つめた。碓氷が腕を組んでこちらを見下ろしている。たまたま昼食の場所が被《かぶ》ったわけではなさそうだ。

「こそこそしてる怪しいおじさんを見かけたので、尾行しました」

「えー、全然気付かんかった」

誰にも見つからないよう周囲を念入りに確認しながらここまで来たのだが、それが裏目に出てしまったようだ。逆に怪しまれてしまったか。

「昨日、渋谷第一署にも行ったんですよ。佐多繋がりで一応、菅沼に関する事件についても話を聞いておこうかと思って。そしたら――」

「『もう別の人が来ましたよ』って言われた？」

碓氷は頷いた。「そうです。だから、小津さんが単独で調べようとしてるんだろうなって」

向かい側の席に腰を下ろすと、碓氷は「織部保とは、どういう関係ですか？」と率直に尋ねた。

「菅沼事件の犯人、織部保は捜査一課の刑事だったって聞きました。小津さんと関係あるんですよね？」

隠したところでいずれは知られてしまうことだ。小津は正直に答えた。

「相棒だったんだよ。俺が教育係で、面倒見てた」

そんな奴が、罪を犯した。ずっと納得いかなかった。彼が人の道を踏み外さないよう、どうにかできたのではと自分を責めた。失望と後悔に疲れ果て、小津は記憶に蓋をした。織部のことを忘れようと、事件について考えないようにしていた。もう終わったことなのだと自分に言い聞かせて。

それでも、諦めきれなかった。諦めきれなくなった。確捜に異動して、死刑囚の事件を再捜査しているうちに、心の中に一縷の光が芽生えてしまった。

「この事件もまだ終わってない、そんな気がするんだ」

「それも刑事の勘ですか?」

「いや、ただの願望」

そうであってほしいという、都合の良い考えに過ぎない。それでも、最後まで織部を信じたかった。

「これからルポライターと会って、話を聞こうと思う」

「邪魔でしたか、私」

「いや、来てくれてよかったよ。俺はもうフラットに見れなくなってるから、第三者の視点があると助かる」

坂本は約束の時間ちょうどに現れた。著者近影通りの顔だった。額に汗が滲んでいる。五月下旬、今日は梅雨の訪れを感じさせるような蒸し暑さだ。坂本はジャケットを脱ぎながら対面の席に腰を下ろし、チェック柄のハンカチで顔を拭いた。

挨拶もそこそこに、織部についての印象を尋ねたところ、

「これまで数多くの犯罪者を取材してきましたけど、あんな人は初めてでしたね」

アイスコーヒーを半分ほど飲み干してから、坂本は答えた。彼が織部と会ったのは拘置所の面会室で、まだ公判中のことだったという。

「いろいろ訊かれましたよ。今までどんな事件を取材してきたのかとか、印象に残っている事件はあるかとか。どっちが取材されてるのかわからないくらいで。殺人犯にこう言うのもおかしいかもしれませんが……明るいというか元気というか、人好きのする感じの方でした」

刑事時代の織部もそうだった。小津に限らず、年上の刑事たちからも可愛がられていた。

「死刑囚についての本を出す予定があると話したら、いろいろ聞かせてほしいと頼まれました。特に彼が興味を持っていたのは、星野恭一死刑囚のことでしたね。警察を辞めた後も、犯人の動向が気になっていたようです。星野事件は自分も捜査に関わっていたから、と」

「ええ」小津は頷いた。「当時、彼も捜査本部にいました」

「星野は起訴事実を認めていなかったけど、今はどうなんだって訊かれました」

隣でメモを取っていた碓氷が尋ねる。「三件目の殺人のことですね？」

「そうです。星野死刑囚とは以前、手紙のやり取りをしておりましてね。そのときもたしかに、二件の殺人については認めていましたが、三件目は身に覚えがないと言ってました。死刑が確定してからもその主張は曲げておらず、今も再審請求中だと、織部さんにはそう伝えました。まるで取調べみたいだったので、腐っても刑事なんだなぁと感心したことを、よく覚えてますよ」

腐っても——何気ない坂本の一言に、胸が痛む。

「織部さんは、被害者の両親がその後どうしているのかも気にしていました。元通りとはいかないが前に進もうと頑張ってると伝えたら、ほっとしたような顔をしていましたね」

当時の記憶が頭を過る。何かある度に被害者遺族の元へ赴き、娘を失い深く傷付いた両親に聴取しなければならなかったあの日々を。織部は彼らの悲しみをいつも真正面から受け止め、酷く心を痛めていた。警察を辞めた後もずっと——自身が逮捕された後でさえも——被害者遺族のことが気がかりだったのだろう。心優しい性根は昔から変わっていないことに安心すればいいのか、だったらどうしてあんな罪を犯してしまったのかと悔やめばいいのか、小津にはわからなかった。

「それから、辻森死刑囚の事件についても訊かれました」

坂本の言葉に、小津は首を捻った。「辻森の?」

「はい。ちょうど同時期に起こっていた事件だったので、気になっていたと。私も辻森死刑囚については警察が知っていること程度の情報しかもっていなかったので、話せることは多くはありませんでしたが」

「あ、そういえば」碓氷が思い出したように口を開いた。「坂本さん、辻森の家族に取材されてましたよね？」

ところが、坂本からは思わぬ反応が返ってきた。「え？」と怪訝そうに眉をひそめている。

「いえ、してませんけど……」

小津は碓氷と顔を見合わせた。どういうことだと首を捻り、坂本に尋ねる。「辻森の家族に会ってない？」

「ええ」

「辻森死刑囚の母親が、坂本さんが取材に来たと言ってましたよ。あなたの名刺も持ってました」

たしかにこの目で彼の名刺を見たはずだが。

すると、坂本は「ああ」と声をあげた。

「それは多分、なりすましですね」

「なりすまし？」

「たまにいるんですよ、私の名前を騙《かた》って事件関係者に接触しようとする輩が」

無名のライターとか、最近だと動画配信者とか、と坂本は具体例を挙げた。

「ネットで調べて出てくるような名前だったら、人は安心するじゃないですか。本を出してる実績もあれば、ちゃんとした人なんだろうって思いますよね。だけど、僕みたいなのは会社に所属しているわけではないから、本人確認が難しい」

「なるほど、たしかに」

「僕の顔写真もたくさん出回ってるわけじゃないし、本のプロフィールに画質の悪い小さな写真が載ってるだけですから、何とでも言えるんです」

坂本は脱いだジャケットのポケットから一枚の名刺を取り出し、テーブルの上に置いた。「フリーランスの名刺なんて誰でも簡単に作れます。だから、利用されやすいんですよ」


再び訪ねてきた小津と碓氷を、辻森邦子は快く出迎えた。以前と比べてどこか憑《つ》き物が落ちたような表情だった。

「罪を認めたんですね、あの子」

という邦子の言葉に、何故それを知っているのかと小津は首を傾げた。面会室での辻森とのやり取りについては、まだ彼女には報告していないはずだが。辻森本人から訊いたのだろうか。

「息子さんから手紙が来ました？」

「逆です。手紙が来ないんです。いつも週の頭に届いていたのに、今週は来ませんでした。だから、そういうことなんだろうと」

辻森は諦めたのだ。無罪を勝ち取ることを。唯一の心の拠り所であった母親に裏切られ、手紙を送ることを辞めた。そう仕向けたのはこちら側だが、どこか寂しさの残る母親の顔を前にすると、少しばかりの罪悪感が芽生えてしまう。

「実は、今日は別件でお伺いしたんです」小津は話題を変えた。「前に、ルポライターの方が取材に来たと仰ってましたよね？　坂本啓介さんという男性が」

「ああ、はい」

「その人の名刺を見せてもらえますか」

邦子は箱を引っ張り出し、件の名刺を取り出した。碓氷が受け取り、小津に手渡した。

坂本から貰った一枚と、その名刺を比べてみる。

「たしかに、違うな」

「住所も適当ですね」

記載されている住所は実在しないものだった。念のため、携帯電話の番号にも掛けてみたが、スズキという名前の女性が出た。名刺の情報はすべて出鱈目《でたらめ》のようだ。

「この男と、どんな話をしました？」

尋ねると、邦子は眉間に皺を寄せて記憶を辿った。「十年以上前のことですから、はっきりとは覚えていないのですが……だいたいは、お二人と同じような感じだったと思います。息子の犯罪のことや、交友関係とか、そういったことを訊かれて。そのときも同じように、この箱をお見せしました。その人、息子からの手紙を熱心に読んでいて……」

数拍置いて、邦子は「そうそう」と思い出した。箱の中にある誕生日プレゼントを指差す。

「この腕時計についても訊かれました」

「腕時計？」

「この腕時計をどこで手に入れたかって。息子から誕生日に貰ったものだと答えましたけど」

邦子は「それが、どうかしましたか」と不安そうに尋ねた。

「辻森さん、その取材に来た男って」坂本の著書を取り出し、巻末のページを邦子に見せる。「この男でしたか？」

著者近影をじっと見つめ、

「いえ、その人ではなかったような……」

と、邦子は首を振った。

今度は碓氷が捜査資料を取り出した。その中から三枚の顔写真を選び、テーブルの上に並べる。「この中に、その男はいますか？」

三人の顔写真。どれも警察に留置される際に撮影されたものだ。星野恭一、菅沼仁志——そして、織部保。

しばらく男たちの顔を見比べてから、

「ああ……たぶん、この人だったと思います」

最終的に邦子が指を差したのは、織部の写真だった。

彼女の記憶が正しければ、織部はここに来ている。ルポライターと偽って。しかし何故、今更になって辻森のことを調べていたのだろうか。

「あ、この人……」

邦子が何かに気付いたようだ。今度は菅沼の写真を手に取った。

「ご存じなんですか？」

彼女が知っているのは織部だけではなかった。

「もしかしたら、息子の友人かもしれません」

ちょっと待ってください、と邦子は腰を上げた。部屋の奥にある箪笥《たんす》から引っ張り出してきた冊子を、小津たちに手渡す。例の高校の卒業アルバムだ。

「その方の名前は？」

「菅沼です。菅沼仁志」

「ほら、ここ」邦子は五組のページを開き、中央の写真を指差した。「います、菅沼仁志。息子と同じクラスです」

その日の夜は珍しく碓氷の方から誘いがあり、飲みに行くことになった。場所はいつもの居酒屋だが、店員に案内されたのはカウンターではなく奥の個室席だった。扉を開けると、そこには碓捜班の面々がいた。

「お疲れっす」

「もう始めてますよ」

横田と柏木がビールを掲げて告げた。テーブルの上にもすでにいくつかの料理が並んでいる。

「どうしたの、みんな揃って」

「小津さん、織部保の事件を調べているんですよね？」柏木が言った。「呼び出されたんですよ。その件で捜査会議をするから、この店に来るようにって」

話は碓氷から聞いたらしい。彼女は申し訳なさそうな顔をした。「勝手なことをしてすみません」

「いや」小津は首を振った。「人手が必要だと思ってたから、有難いよ」

「今夜は小津さんの奢りって聞いたっす」

「有難くないかも」

とはいえ、悪い気はしなかった。結局これまで親睦会も打ち上げもすべて流れていたので、こうして全員で集まるのは今夜が初めてのことだ。時代遅れな考え方かもしれないが、やはり酒を酌み交わしてこそ絆《きずな》が深まるような気がする。現に、目の前で酔っ払っている部下たちに対して、小津はこれまで以上に可愛げを感じていた。

「班長、報告があります！」

突然、赤ら顔の西が敬礼した。

「なになに、どうした」

「くるみんの飲酒事件、冤罪でした！」

「冤罪？　よかったじゃん」

推しの冤罪が晴れたというのに、西の表情はこれ以上ないほどに悲しげだった。

「くるみん、年齢詐称してて、今年で二十一歳でした！」

「えっ」

衝撃の事実に思わず声をあげる。

「六歳も鯖《さば》読んでたの……」

西の話によると、今日の午後、事務所から釈明のコメントが発表されたそうだ。園寺胡桃の実年齢は二十一のため、飲酒に関しては何ら問題がない、と。

「西君にとっては、どっちの真実が幸せだったんでしょうかね」柏木が気の毒そうな顔で告げた。「未成年飲酒してるクソガキか、清廉潔白だけど年齢詐称してる大人の女性か」

難しい問題だな、と小津も頷く。

「二十一歳って……ババアじゃんかよぉ」

「おい、黙れロリコン」西の暴言に碓氷が反応した。「この犯罪者予備軍が。ムショにぶち込むぞ」

「お嬢様、言葉が悪うございますよ……」

「今の聞きました？　脅迫罪です、現行犯逮捕しましょう」

「そんなことしたら碓氷グループに消されるぞ、お前」

「まったく、権力に弱いんだから。これだから警察は駄目なんですよぉ」

「相当酔っ払ってんな、こいつ」面倒くさ、と頭を抱える。「何飲ませたの」

「カシオレっすけど」

「お酒弱いんですかね」

「雰囲気に酔うタイプかも」

飲まなきゃやってらんないですよと嘆きながら、西は店員を呼びつけておかわりを注文していた。

使い物にならない男は放っておくことにして、小津は本題に入った。事件に纏わる情報を全員と共有する。自分と織部の関係についても包み隠さず話した。

「なるほど、織部保がルポライターの名を騙って事件を嗅ぎ回っていたと。それはたしかに怪しいですね」

「織部が菅沼の交友関係を調べていたとしたら。その過程で辻森に辿り着き、ルポライターのふりをして母親に接触した。被害者と面識はなく、突発的な犯行ということでしたが……そう考えると、織部が元から菅沼のことを知っていた可能性が出てきますよね」

最初から狙いが菅沼だったとすると、あの事件は単なる飲酒運転事故の隠蔽とは呼べなくなる。

「織部は端《はな》から菅沼の殺害を計画していたのか。菅沼のよく行く店や行動パターンを調べ上げ、事故に見せかけて車で轢き殺そうとしたのかもしれない」

「でも、動機は何すか」

横田の一言に、小津も「そこだよなぁ」と唸った。

「菅沼は、借金のある佐多元巡査を脅していましたよね。仮に織部と佐多に接点があれば、十分な動機になり得るかと」

まずは織部と菅沼、それぞれの交友関係を洗い直すべきだろう。調べなければならないことは山ほどあるが、ひとつひとつ片付けていくしかない。

「織部の友人関係は俺が当たってみるよ。みんなは織部と佐多のキャリアが被ってないか、過去の経歴を調べてくれ。現住所がわかったら、佐多本人から直接話を聞いてきてほしい」

「了解です」

元同業である織部や佐多については調べ易いが、問題は菅沼の方だ。裏稼業の人間にどう手をつけるべきかと悩んでいたところ、柏木から頼もしい言葉があった。「ヤクザ周りは私に任せてください。古巣から情報をもらってきます」

「大丈夫？　また喧嘩にならない？」

「気を付けます」

柏木は爽やかな笑みを返した。本当に気を付けてくれよ、と心の中で祈る。

「じゃあ、西は事件の押収物を一通り調べ直してくれ。防犯カメラの映像とか織部の携帯電話とか、当時の証拠品がまだ保管されてるだろうから」

返事がなかった。

「……西、お前さっきから何やってんの？」

部屋の隅に視線を向ける。西は卒業アルバムを真剣に眺めていた。辻森の母親から借りてきたものだ。

「この高校、推しの出身校じゃないかって説が出てるんですよ。だから、どこかに載ってないかなぁって思って」

「載ってるわけないでしょ」

「仮に載ってたら二十一どころじゃないぞ。四十七歳だぞ」

「完全に判断能力を失ってますね」

「カシオレ二杯でこれすか」

これ以上は飲ませないようにしようと皆で頷き合った、そのときだった。

「あっ！」

突然、西が声をあげた。

「もう、今度はなに」

「見てください、この名前」

そう言って、西は三年六組のページを指差した。男子学生の顔写真。その下に記載されている氏名には、見覚えがあった。

「大川大輔……？」

金子晃斗死刑囚による一家殺害事件。あの被害者の名前がそこにあった。

「ストーカー事件の兄貴も、同じ高校だったのか？」

仮に同姓同名ではなく、本人だとしたら――酔いの回った脳みそを叩き起こし、計算する。大輔は一九七七年生まれで、たしか事件当時は二十二歳だった。生きていれば今頃は四十七歳になっている。辻森や菅沼と同い年だ。


「先日は、捜査にご協力いただきありがとうございました」

翌日、小津は再び大川彩乃の自宅を訪れた。世田谷区ストーカー殺人事件の再捜査では、当事者であり被害者遺族である彼女の証言に助けられたものだ。

二度目の聴取ということもあり、彩乃の表情に警戒の色はなかった。突然アパートに現れた老刑事を、彼女は笑顔で出迎えてくれた。

「晃斗君とは面会できました？」

客人用のコーヒーを淹れながら、彩乃が尋ねた。

「はい。頼まれていた伝言も伝えました。涙を流してましたよ」

「そうですか」彩乃は目を細めた。嬉しそうな、悲しそうな、どちらにでも取れるような表情だった。

「実は、今日は別件でお伺いしまして」

「別件？」

「ええ。お義兄《にい》さんの大川大輔さんのことで」

もし自分の邪推が正しかったとしたら、彼女に義兄の話をするのは酷だろう。とはいえ仮にそうだとしても、気遣うような態度を見せるわけにもいかない。ここは何も知らない体で質問をぶつけることにした。

鞄の中から卒業アルバムを取り出す。表紙に記された『私立浄泉高等学校』の文字に、彩乃は「兄が通っていた高校ですね」と反応した。

小津は五組のページを開き、彩乃に見せた。

「この二人、ご存じないですか？　お義兄さんの隣のクラスの生徒なんですが」

辻森正之と菅沼仁志の顔写真を指差すと、彩乃は「知ってます」と即答した。

「兄は二年の頃から不登校気味だったんですが、当時同じクラスだったこの二人に虐められていたみたいなんです。パシリにされたりお金をせびられたり、下僕みたいな扱いを受けていて……あの頃は携帯電話がそこまで普及してなかったので、この人たち、まるで借金取りみたいに家の前で待っていて、何度か見かけました。馴れ馴れしく声を掛けてくることもあって、当時すごく怖かったので、よく覚えています」

大輔が高校時代に虐めに遭い、不良生徒の言いなり状態だったことは知ってはいたが、まさかその不良というのが辻森と菅沼だったとは。世間は狭いなと思う。

「庇《かば》うつもりは少しもありませんが、兄が過去に関わった犯罪は、この人たちに命令されてやったことだそうです」

「ええ、そのようですね」

大川大輔には性犯罪歴がある。女性を強姦した犯人グループの中にいた。ただ、脅されて見張り役をやらされていただけで、大輔自身は罪には問われなかった。

しかしながら、そのときの体験は彼の性的嗜好《しこう》に影響を与えている。仮に辻森たちが大輔を虐めていなかったら、と想像せずにはいられない。大輔は引きこもりになることもなく、社会で働けていたかもしれない。性犯罪に手を染めることも、彩乃に性的な嫌がらせをすることもなかったかもしれない。そして、金子晃斗が大川家の三人を殺害することもなく、今頃は彩乃と二人で幸せな家庭を築いていたかもしれない。

虐めという一つの犯罪が、また別の犯罪を引き起こし、最終的に人命が奪われるまでの事態に発展する。なんという負の連鎖だろうかと嘆きたい気分だ。

大川大輔について一通り話を聞いたところで、小津は「以前、この男が来ませんでしたか?」と織部の顔写真を彩乃に見せた。

彩乃は頷いた。

「ええ、来ました。ルポライターの方ですよね」

やはりここにも織部は来ていたのか。小津は前のめりになって尋ねた。「どんな話をしました？」

「兄のことで話を聞きたいと言われました。マスコミには懲りているので取材はお断りしたいと答えたら、個人的に調べているだけで記事にするつもりはない、って」

「個人的に？」

「はい。それで、この二人について訊かれました。同じように、卒業アルバムの写真を見せられて。だから、今お話ししたようなことを、その方にも同じように説明したんですけど」

「なるほど、そういうことでしたか」

昔のことであるにも拘わらず、彩乃がやけにすらすらと証言できた理由がよくわかった。彼女にとって今日は二度目の聴取だったわけか。

「その男、二人を調べている理由について、何か言ってませんでしたか？」

「あまり詳しいことは教えてくれなかったんですが……自分の身内が事件に巻き込まれたから調べている、と仰っていましたよ」

「身内？」

いったい誰のことだろうか。ぱっと頭に浮かぶものはなかった。

「織部君に身内はいないはずよ。血縁者という意味ならね」

刑事部長室に赴き、織部について尋ねたところ、香月刑事部長はそう断言した。彼女は織部とは同期であり、友人だった。警視庁内であの男を最もよく知るのは彼女だろう。

「母親は幼い頃に病気で死別していて、兄弟もいなかったはず。父親も、もう亡くなってる。膵臓《すいぞう》がんだった」

「そうだったな。だからあいつは警察を辞めて、親父さんの理髪店を継いだ」

織部に身内はいない。だとすると、あの発言は彩乃に心を開かせるための嘘だったのだろうか。

「まあ、恋人はいたみたいだけど」

という香月の証言に、小津は「ああ」と頷いた。

織部は毎日捜査に駆け回り、女っ気のない生活を送っていた。ただ、泊まり込みが続いてもいつも綺麗に洗濯されたシャツを着ていたので、なんとなく推察することはあった。もしかしたら、誰か世話をしてくれるような相手がいるのかもなと。そう思うだけで、立ち入ったことは聞かなかったが。

「本人の口から聞いたことはないが、そんな気はしてた」

「奥さんを亡くしたばかりの勇さんには、言い出せなかったんだろうね」

いつだったか、亡き妻について、酔った勢いで彼に愚痴を零したことがある。気を遣わせていたのかもしれない。

「所轄に配属された頃に、織部君に相談されたことがあった。付き合ってる人にプレゼントを渡したいって。仕事中でもいつでも身に着けられるように指輪にしようと思うって言ってたから、止めたのよ。『指輪は重くない？』って。そういうのは婚約するときに取っとけって」

「織部はいい相談相手を選んだな。俺だったら『上等な指輪買ってやれ』って言ってたよ」

「だったら別のアクセサリーにするって言ってたけど、イヤリングやピアスだと、職場によって着けられないかもしれないでしょ？」

アクセサリーが全面的に禁止の職場もあれば、小ぶりなものは良いが派手なものはNGといった独自のルールが存在する場合もある。

「彼女の仕事は派遣社員らしいから、職場が変わる可能性は十分にある。だから、そういうのに左右されないようなものにしたら、って助言した」

「いいアドバイスだ」

「ただ、その彼女とも別れちゃったみたいだけどね。織部君が退職した後、一度だけ飲みに行ったことがあって。そのときに訊いたの、彼女とは結婚しないのかって。そしたら、今は独り身だって言ってた」

「そうか……」呟き、小津は質問を続けた。「お前以外に、織部と仲良かった奴はいるか？」

「まあ、何人かは。たまに飲みにも行ってたみたいだし」

「思いつく限り、全員の名前を書き出してくれ」

香月はペンを取り、メモに書き込んだ。書き終えると、首を捻りながら紙をこちらに手渡した。「ところで、どうして今さら織部君のことを訊くの？……まさか、職務を放棄して個人的に調べてるんじゃないよね？」

疑いの眼差しを向ける香月を適当にあしらい、小津は部長室を後にした。


全員がオフィスに戻ってきたところで捜査会議を開いた。

まずは碓氷が報告する。「佐多博俊の経歴について調べましたが、入庁後は目黒中央署の地域第四係に卒業配置され、三年ほど交番勤務をしています。目撃証言をしたのはその頃です。『パトロール中、死体遺棄現場の公園付近で怪しい男を見かけた。背格好が星野に似ていた』という佐多の証言が決め手となり、星野は三件目の殺人についても起訴されています。その後は、同署の総務係を経て刑事課の組織犯罪対策係に転属。そこで不祥事が発覚し、懲戒免職処分になりましたが、依願退職しています」

ホワイトボードに時系列を書き込む。二〇〇五年、入庁。二〇〇六年、目黒中央署地域第四係。その後は同署総務係、組対係へ転属。二〇一二年、横領が発覚し依願退職。

「一方、織部は葛飾北署の地域三係に卒業配置、同署の刑事課強行犯係から警視庁捜査一課という経歴です。二人が同僚だった時期はありません」

織部は一九七九年生まれ、佐多は一九八二年生まれだ。歳も離れている。警察学校の同期というわけでもない。

「ってことは、二人に面識はないのか」

「そうですね。星野事件の合同捜査の際に、すれ違うことくらいはあったかもしれませんが」

織部の言っていた身内というのが、同じ警察の仲間のことを指しているのではないかと考えたが、外れかもしれない。香月から受け取ったリストにも佐多の名前はなかった。

「佐多本人には会えたか？」

現住所を問い合わせたのは横田だ。それが、と彼は表情を曇らせた。「佐多は、十年ほど前に自殺してました」

「マジか」

「線路に飛び込んだらしいっす。近くにいた乗客の目撃証言があるんで、自殺で間違いないすね。警察をクビになってるし、その後の生活も苦しかったみたいなんで、動機はいくらでもありそうっすけど」

「なるほどな」パソコン画面を凝視している部下に声を掛ける。「西、お前は？　何かわかったか？」

「当時の押収物、全部調べ直しましたよ」目薬を差しながら西が答えた。「防犯カメラの映像でちょっと気になるとこがありました。画面共有します」

全員のパソコンに録画映像が映し出された。飲食店の店内、ちょうど店員とカウンター席の客の背中が見える画角だ。これが犯行前に織部が立ち寄った店だという。

「ここ、織部が映ってます」

マウスカーソルがカウンター席の男を指す。

「で、見てください。織部の注文を受けたバーテンが取ったボトル、ラベルを拡大すると——ほら」西が映像を拡大した。画像処理を施し、解像度を上げる。「リキュールじゃなくて、グレナデンシロップなんですよ。それをジンジャエールで割ったものを、織部は飲んでるんです」

「つまり、ノンアルってこと？」

「そう。シャーリーテンプルっていうノンアルのカクテルですね。織部が店で飲んだのはこの一杯だけなので、飲酒運転で人を撥ねたという証言は完全に嘘です」

防犯カメラに映っていたのはそれだけではなかった。西は映像をしばらく早送りしてから、一時停止した。

「ほらここ、端っこを人が横切りましたよね？　これ画質上げて顔認証してみたんですけど、菅沼だったんですよ。菅沼が店を出てすぐ、織部も後をついていくかのように出ていってます」

「ということは」碓氷が口を開く。「やっぱり織部は、最初から菅沼を狙ってた？」

「ただ、ひとつ疑問があって」西が言葉を続ける。画面が切り替わった。「オンラインの地図情報と当時の現場検証時の写真から、事件があった路地を再現してみたんですけど……見てください、この路地って、カタカナのコの字みたいな形をしてるんですよね」

小津は画面を見つめ、「ほう」と唸った。３Ｄ映像で件の路地が再現されている。

前に試遊させられたホラーゲームよりもリアルな質感だ。かなり時間を使って製作したのだろう。勤務中に。

「警察庁の資料によると、車で人を撥ねたときの致死率は、時速三十キロ以下だと十パーセント未満。これが五十キロになると、八十パーセント以上に跳ね上がるらしいです。つまり、菅沼を確実に轢き殺すには、この道で五十キロ以上の速度を出さないといけない。もちろん低速度帯の死亡事故もありますけどね。バックして何度も撥ねるとか、しばらく引きずるとか」

資料を引っ張り出し、柏木が確認する。「現場検証の報告書と本人の供述調書を見る限りでは、織部は一度追突しただけのようですね」

「ゼロ発進加速から致命傷を与える時速まで普通車が到達するには、単純に見積もっても三十メートル以上の距離が必要です。でも、織部が菅沼を撥ねたのは路地のこの地点で、角を曲がってからは十二、三メートルほどの位置です。ということは、この地点に到達するまでに時速五十キロを出せる加速度の車両——要するにスーパーカー並みの性能のある車に乗ってないと、不可能ってことですね」

「ゼロヒャクってやつか」

「そういうことです」西が頷く。「織部の車は国産の普通車。この状況じゃ、菅沼に怪我を負わせるくらいしかできなかったと思いますよ」

「こんなの調べりゃすぐわかることだろ。当時の捜査員は何やってたんだ」

批判を零す小津に、碓氷が肩を竦めて返した。「元警官の不祥事ですから。警察としても、さっさと事件を終わらせてしまいたかったんでしょう」

長引けばそれだけ世間の批判に曝される。適当なところで手を打ち、早々に葬り去ろうとした当時の思惑が透けて見える。

「そもそも、どうして織部はこんな場所で事件を起こしたんでしょうか」柏木が肝心な疑問を口にした。「この路地は人通りも少ないし、防犯カメラもない。たしかに犯行に及ぶにはうってつけの場所ですが、だったら車よりもナイフで刺し殺した方が確実じゃないです？」

元刑事である織部がその考えに至らなかったとは思えない。たしかになぁ、と小津も頷いた。「わざわざ車で尾行して撥ねるより、そっちの方が楽に殺せるよな」

「殺すつもりがなかったんじゃないすか」

と、横田が意外な見解を述べた。

「海外じゃよくある手口らしいっすよ。軍にいた頃、同僚にメキシコ出身の奴がいたんすけど、そいつが言ってました。カルテルの連中はまず標的の男を車で撥ねて、弱らせてからトランクに乗せて拉致して、拷問するって」

西が顔を歪めた。「こっわ」

「わざわざ車を使ったのは、その後の運搬手段にするためってことか？」

「それなら合理的ですね」

「仮にそうだとしたら、織部は菅沼を拉致し、どこかに運んでから、最終的に殺害したことになりますが……」

ひとまず情報を整理しようと、碓氷がホワイトボードに相関図を書き始めた。織部と菅沼の顔写真を並べ、線で結ぶ。さらにそこに、元警官の佐多と辻森死刑囚の名前と写真を加え、菅沼との間に矢印を引く。それぞれの線の下に借金・横領、同級生と書き込んだ。「辻森と菅沼は高校時代の同級生。佐多は菅沼の闇金からお金を借りていて、脅迫されて証拠品を横領していた」

「織部はルポライターの坂本啓介に成りすまし、辻森の母親や大川彩乃と接触し、菅沼の交友関係を洗っていた」小津は情報を書き足した。腕を組み、ボードを睨みつける。「織部と菅沼の間に、どういう因縁があるのか……」

「単純に考えると、借金ですかね？」

「織部に借金はなかったはず」西が答えた。「一応、当時の決済履歴も調べ直してみましたけど、お金に困ってる感じはしませんでした」

「うん、金遣いの荒い男じゃなかったよ」

「退職してからギャンブルにハマったのかもしれませんけど」

たしかに、その可能性は否定できなかった。自分が知るのは織部のほんの一面だけに過ぎない。

「とりあえず、菅沼の職場に行って話を聞いてみるか」

「菅沼の闇金ですが」柏木が報告する。「今はもう営業停止になっています。四年前に本庁の生活経済課が切り込んだようです。コロナ禍で経営に苦しむ法人や個人事業主を狙って、法定金利を破った違法な貸し付けを行っていたみたいで」

「だとすると、奴の関係者を当たるのは難しいか」

「そうでもないですよ」柏木はにっこりと微笑んだ。「この業者の元締めとは顔見知りなんですが、話を聞いてみましょうか？」

「助かる。俺も同行しよう」

　頷き、腰を上げる。

「……ああ、そうだ」オフィスを出る直前に、小津は部下に声を掛けた。「西、ちょっと調べてほしいことがあるんだけど」

　黒崎《くろさき》興業は新宿にある雑居ビルの三階に事務所を構えていた。中に足を踏み入れてすぐに堅気の会社ではない空気を察知した。突然現れた刑事二人組に社員たちは殺気を隠そうともしなかったが、柏木は気後れすることもなく、いつもの笑顔を浮かべて「社長に会わせてください」と告げた。さすがは元マル暴、堂々としたものである。

下っ端の案内で奥の部屋へと進みながら、小津は尋ねた。「……ここって、ヤクザの事務所なんだよね？」

「ええ。鳳城会系の若頭の会社です」柏木が答えた。こんな場所にたった二人で乗り込んでいいものかという小津の不安を、軽く笑い飛ばす。「大丈夫ですよ。若頭とは仲良くさせてもらってますから。それに、万が一何かあったときは、横田君が助けてくれるでしょうし」

「番犬連れてきといてよかった」

横田は車の中で待機している。十五分経っても戻らなかったら応援に来てくれと伝えてある。

「それにしても、最近のヤクザは洒落《しゃれ》てんなぁ」

小津の中では、暴力団の事務所といえば昭和のヤクザ映画のイメージで止まっている。ヤニ臭い部屋にスチール製の味気のない机が並び、よくわからない日本刀や壺《つぼ》などの調度品が飾ってあり、これ見よがしに代紋が掲げられているような。ところが、この事務所は黒とゴールドを基調としたシックなインテリアで統一され、洗練された雰囲気である。一目見ただけでは反社会勢力の職場だとは思えない。

奥の扉を開けると、これまた小洒落た部屋があった。大理石の立派なデスクでパソコンと向かい合う男の姿が見える。歳は四十半ばくらい、まるで大企業の重役のような貫禄だ。柏木曰く、この男が鳳城会の若頭であり、その二次団体・黒崎組の組長でもある黒崎和己《かずみ》だそうだ。

柏木の顔を見るや否や、

「……てめえ、よくここに顔出せたな」

黒崎は威嚇《いかく》するように低く唸った。

どう見ても友好的な態度ではない。話が違う。小津は不安になってきた。

「全然仲良くなさそうだけど、ほんとに大丈夫？」

「元カレなんです」

「もっとまともな奴と付き合いなさいよ……」

ということは、この男が柏木を刺すよう部下に命じた張本人か。その一連の騒動の末、柏木は懲戒処分になり、確捜へと島流しにされたわけだが。

「部下を使って報復するなんて卑怯《ひきょう》な男ですね。たかだか刑事だってことを隠してたくらいで、そんなに怒らなくていいでしょう」

という柏木の文句に、黒崎は反論した。「他の男と二股かけてやがったから怒ってんだよ」

「ええ……お前が悪いじゃん……」小津は柏木に視線を向けた。真面目で誠実そうな顔しているくせに、とんでもない男である。

二人の間にはただならぬ因縁があるようだが、一応話は聞いてくれるらしい。「それで、何しに来たんだ」と黒崎がぶっきらぼうに尋ねた。

「ちょっと訊きたいことがありまして。十年前に殺害された菅沼仁志という男、あなたの組で抱えてましたよね？　彼と親しかった人物に話を聞きたいんですが、心当たりはありませんか？」

「なんで俺が、浮気野郎の頼みを聞いてやらなきゃいけないんだ」

「たしかに」小津は頷いた。「仰る通り」

すると、柏木の態度が豹変した。舌打ちし、吐き捨てるように言う。「……過ぎたことをいつまでもぐちぐち言いやがって、小せえ男だな」

「あ？　なんだと、てめえ――」

「まあまあまあ」

一触即発の二人の間に、小津は慌てて割り込んだ。柏木の肩を軽く叩きながら「穏便に、ね」と言い聞かせる。

柏木が再び笑顔に戻った。「あなたの舎弟、今ちょうどカタギと揉め事を起こしてるらしいじゃないですか。不起訴にするよう手を回してやってもいいですけど、どうでしょう？」

「できもしねえことを言うなよ」

「できますよ。その事件の担当検事も元カレなんです。二股の片割れで」

「ぶっ殺す」黒崎が椅子から腰を上げた。

「まあまあまあ」

全体的に柏木が悪い。小津は溜息を吐いた。ヤクザである黒崎に同情すら覚えてしまう。

「すみませんね、部下の教育がなってなくて」

小津が謝罪を告げると、黒崎は鼻で嗤った。「あんたも苦労するなぁ」

「本当に」

黒崎は柏木よりも忍耐力を持ち合わせているらしい。渋々といった顔で机の引き出しを開け、一枚の小さな紙を取り出した。それをくしゃくしゃに丸めてから、

「この店に行って、武藤《むとう》って奴に話を聞いてみろ」

と、柏木に向かって投げつけた。

丸められたその紙を広げてみると、飲食店らしき名前と住所が書いてあった。店の名刺のようだ。

「武藤って何者です？」

「昔、菅沼の仕事を手伝ってた男だ」

黒崎の話によると、その武藤という舎弟は菅沼の右腕的存在だったという。事件当時、闇金の経営に関わっていた部下の中でも一番の古株で、こいつだったら菅沼のことをよく知ってるだろうと教えてくれた。

「用は済んだだろ。さっさと帰れ」

去り際、黒崎は「二度とその面見せんじゃねえぞ」と吐き捨てたが、柏木はただ笑顔で「ご協力感謝します」と流していた。舎弟に丁重な見送りをされつつ、事務所を出る。

「うまくいきましたね」

と、柏木が一笑した。

はたしてうまくいったと言えるのだろうか。素直に頷くことができない。

「チャカ抜かれるんじゃないかって、ヒヤヒヤだったよ」

「事務所に拳銃なんて置いてませんよ。いつガサ入るかわかりませんから」

「さすが、よくご存じで」

言葉を交わしながらビルの前に停めていた車へと戻る。柏木が助手席に、小津が後部座席に乗り込んだところで、運転席の横田が声を掛けてきた。「おかえりなさい。どうでした？」

「柏木のおかげでギリギリ穏便に済んだ」小津は答え、横田に名刺を渡した。「ここに向かってくれ」

「――着いたっすよ」

横田の言葉と共に車が停止した。名刺に書かれていた住所は六本木《ろっぽんぎ》。辿り着いたのは会員制のバーだった。

「その武藤って奴が、ここにいるんすか」

「ああ。黒崎の話が嘘じゃなかったら、ね」

「大丈夫ですよ。あの男はああ見えて、意外と誠実なので」

「……お前は不誠実だったのにな」

横田には再びこの場で待機してもらい、小津と柏木は車を降りた。

店に入り、カウンターの中にいる男に声をかける。「武藤さんですね？　警視庁の柏木と申します。少しお話よろしいですか」

まだ若い男だった。見たところ三十半ばくらい。突然警察が押し入ってきたというのに、武藤は涼しい顔をしていた。黒崎が前もって知らせていたのだろう。円滑に捜査ができるよう話を通してくれていたわけではなく、ただ単に見られては困るものを隠すよう指示を出しただけかもしれないが。

小津はスツールに座って腰を休め、武藤に織部の写真を見せた。「この男、知ってる？」

写真を睨み、武藤は「織部」と呟いた。

「兄貴を轢き殺した奴でしょ」

「当時、こいつに金貸してなかった？」

「いや」

武藤は否定した。織部と菅沼の会社とは、やはり無関係のようだ。

「菅沼さんと織部が会っているところを、見かけたりは？」

「ないね」

「じゃあ、この男は？」と、今度は辻森の写真を見せる。「辻森正之って名前、菅沼の兄貴から聞いたことない？」

すると、

「……あ、知ってるかも」

武藤がはっとした。

「兄貴がよく電話してたな、こいつに。なんか、高校時代の同級生らしくて」

柏木が頷く。「菅沼さんと辻森は同じ浄泉高校の卒業生で、学生時代から仲が良かったそうです。この二人の関係について、何か覚えてることはありませんか？　些細なことでも構いませんので」

　武藤はしばらく考え込んでいた。警察に言っていいことと悪いことを頭の中で吟味してから、そういえば、と口を開く。

「昔、兄貴がこいつに電話で呼び出されたとき、なんかちょっと様子がおかしかったというか。『辻森がやらかした』って言い残して、血相変えて飛び出してったことがあって」

「やらかした？」

「ああ。それで、帰ってきたら、兄貴から『今日一日、俺はずっと事務所にいたってことにしてくれ』って言われて、なんか変だなとは思ったんだけど、結局何があったかは教えてくれなかった」

　菅沼の発言は、まるでアリバイを作ろうとしているようにも受け取れる。

「それって、いつ頃の話ですか？」

「さあ、いつだったかな」武藤は首を捻った。「……そういや、その後こいつ逮捕されてたわ。ニュース見て兄貴が驚いてた」

「その後って、どれくらい後でした？」

「そんなに経ってなかったと思うけど……一週間くらい？」

辻森が逮捕されたのは二〇〇七年八月二十四日。だとすると、件の話は八月中頃ののことになる。

さすがに正確な日付までは覚えていないかと諦めていたが、

「……ああ、そうだ」と、武藤が思い出した。「その日、馬インフルエンザがニュースになってたな。事務所にいたギャンブル好きの連中が騒いでた。レースが中止になったって」

一通り聴取を終えたところで、小津たちは店を出た。

「ネットの情報だと、馬インフルエンザの感染が確認されたのは、二〇〇七年の八月十六日ですね。その週に開催予定だった該当地域の地方レースが、すべて中止になっています」

「十六日は何曜日？」

「木曜日です」

レースが開催されるのは土日だ。つまり、菅沼が辻森に呼び出されたのは十八日か十九日のいずれかということになる。

車に乗り込んだ小津たちに、横田が告げた。「碓氷から連絡があったっすよ」

「何て？」

「一度、戻ってきてほしいって。佐多のことで何か情報を摑んだらしいっす」

「佐多と親交の深かった同期に話を聞いてきました」オフィスに戻った小津たちに碓氷が報告した。「佐多が警察をクビになってしばらくしてから、二人で飲みに行く機会があったそうです。そのとき、酔った佐多が『元刑事が家に来た』と漏らしていたと」

「織部だな」

「はい。酷く怯えた様子だったって」元同期に事情を訊かれた佐多は、酔いに任せて過去の偽証について打ち明けていたという。「『前に知人の暴力団員に脅されて、嘘の証言をしたことがある』と話していたそうです」

「例の、星野恭一に関する目撃証言か」

「暴力団員というのは、菅沼のことですね」

「その同期の話では、佐多は織部に問い詰められ、菅沼との関係を喋ってしまったようで」

その後、佐多は自殺している。それも、ちょうど織部が逮捕された翌週というタイミングで。

「佐多が自殺したのは、織部が捕まったことを知ったからか。芋づる式に自分の罪が発覚することを恐れたのかもな」

「もう既に不祥事でクビになっている男です。恐れていたのはヤクザの方かもしれませんよ」柏木が別の見解を述べた。「菅沼の仲間にどんな目に遭わされるかと不安になり、突発的に死を選んだ可能性もあります」

「たしかにな」

いずれにせよ、星野恭一死刑囚による三件の犯行のうち、一件は冤罪である可能性が高まってきた。

情報を整理するため、ホワイトボードに時系列を書き出していく。

まず、二〇〇六年から二〇〇七年にかけて、星野は二人の女子高生を殺害し、その遺体を燃やして遺棄した。

二〇〇七年五月二十四日、辻森正之らによる連続強盗殺人の第一の事件が発生。第二の事件は翌月、六月三十日。そして、同年八月十九日に辻森は警察で最初の取調べを受けている。

身元不明の遺体が発見されたのは八月二十日。それらしき男を見かけたという佐多の目撃証言から、当初より警察がマークしていた第一容疑者の星野が逮捕された。

そして、同年八月二十四日。連続強盗殺人の犯行グループの一人である窪友樹が自首したことにより、辻森と共犯者の渋谷隆治が逮捕される。

「その後、星野は取調べで二件の殺人を認め、起訴された。佐多は横流しが発覚して懲戒処分。織部は親父さんが癌《がん》で亡くなり、家業を継ぐために警察を辞めてる」

織部の辞職は二〇〇九年の三月末。それから逮捕される二〇一四年までの間、佐多や辻森の母親等、関係者たちに接触している。

一通り書き出したところで、「頼まれてた件、調べましたよ」と西が切り出した。

「どうだった？」

「小津さんの言った通り、織部の購入履歴に女物の腕時計がありました。商品の型番も色も、辻森が母親にあげた物とまったく同じ。購入日は二〇〇四年です」

やはり、そういうことだったか。

これですべてが繋がった。

「……ずっと、違和感があったんだよな」当時を思い返し、深い溜息を吐いた。左手を部下たちに向け、その薬指を指差して尋ねる。「これ、なんだと思う？」

「え？　何って、結婚指輪ですよね？」

「だよね」

そう答えるのが普通だ。先日、柏木と二人で飲んだときもそうだった。小津の指輪を見た柏木は、迷うことなく結婚指輪だと言っていた。

「これ見たら、誰だってそう思う。だけど、織部は違った。あの日、遺体の左手の写真を見て、あいつは言ったんだ。婚約指輪、って」

結婚指輪ではなく。

「あのときは、ただ単に言い間違えただけだろうって、たいして気にはしなかったんだが……今思えば、あいつは気付いていたんだな。この遺体の正体に」

織部は知っていたのだ。この指輪が婚約指輪であることを。

他でもない自分が、その指輪を贈った張本人だから。

「まさか、この身元不明の遺体が、織部の婚約者だったたってことですか」

碓氷の言葉に、小津は無言で頷いた。

遺体写真を見たときの、あの織部の血走った目が頭を過る。今になってその意味を知ることになるとは。

「ですが、どうして織部はそのことを隠してたんです?」

「身元が判明すれば、交際相手である自分が第一容疑者だ。自身で捜査することができなくなる。警察のやり方をわかってたからこそ、あえて黙ってたんだろう」

そして織部は独自に捜査をした。警察を辞めてからも、ルポライターの坂本啓介になりすまし、取材と偽ってまで。

順を追って整理する。「織部はまず、星野恭一についての目撃証言をした佐多を疑った。脅して話を聞き出し、菅沼が佐多に偽証させたことを知った」

「それで、菅沼の交友関係を調べ始めた」

「ああ。その過程で辻森に辿り着いたんだろう。母親が持っていた腕時計を見て確信したはずだ。菅沼と辻森の二人が、婚約者の死に関わっていることを」

香月が言っていた。織部は恋人にプレゼントを贈ろうとしていたと。派遣社員の彼女が常に身につけておけるようにと、友人のアドバイスに従って腕時計を選んだのだろう。

「それから、織部は菅沼を拉致し、辻森についての情報を聞き出した。罪を認めさせるために、おそらく拷問しただろうな」

そして、最終的に菅沼を殺害するに至った。遺体をバラバラにしたのは死因と動機を悟られないようにするためだ。菅沼の頭や胴体は発見されていない。別の方法で処分したと見られる。情報量の少ない手足だけを目立つ場所に遺棄したのだ。

ただ、それには大きな疑問が残る。

「どうしてわざわざ、遺体の一部を見つかるような場所に捨てたんでしょう？」

碓氷がその疑問を口にした。

「手足も一緒に処分してしまえば、捕まることはなかったはず」

「なんか、舐めプしてますよね」西も同意した。「わざと捕まりにいってるように見える」

織部は、菅沼を殺害した動機を知られたくなかった。

だが、菅沼を殺害した事実は知られたかった。

「……まさか」

小津は息を呑んだ。考えられる理由がひとつある。それも、最悪の理由が。

「織部はもしかしたら、まだ人を殺すつもりなのかもしれない」

視界の中央に、織部がいる。

ここはどこだろうか。殺風景な部屋だ。織部がいるということは、拘置所の中かもしれない。

織部は慣れた手付きで髪にハサミを入れている。散髪中のようだ。目の前に座っているのは辻森。シャキ、シャキ、という音が軽やかに鳴り響き、床の上には切り落とされた辻森の長髪が散らばっていく。

次の瞬間、不意を突くように織部が動いた。ハサミを逆手に握り、辻森の首筋に突き立てた。悲鳴をあげる辻森に向かって、織部は何度も何度も、繰り返し容赦なく刺した。血が噴き出し、白い壁に飛び散る。辻森の体が力なく床に転がる。止めに入った看守を振り払い、織部は辻森に馬乗りになり、滅多刺しにしている。

不意に、織部がこちらを振り返った。

真っ赤に染まった顔が、にやりと笑う。

『ようやく、犯人に罪を償わせることができましたよ、小津さん』

はっと目を開けると、見慣れた天井が視界に映った。そこは拘置所の小部屋ではなく、小津の自宅マンションだった。

夢か、と呟く。

嫌な夢だ。寝汗が酷く、服がじっとりと湿っている。小津は起き上がり、寝間着を脱いだ。リモコンを手に取り、テレビを点《つ》ける。朝のニュース番組だ。アナウンサーが原稿を読み上げている。

『昨夜、東京拘置所にて服役中の受刑者が、同じく施設内に収容されている死刑囚を殺害する事件が起こりました』

シャツのボタンを留める手が、思わず止まる。指が震えはじめる。

『警察の調べによりますと、殺人や死体遺棄等の罪で服役中の織部保受刑囚が、同施設に収容されていた死刑囚をハサミで刺殺したとのことです。織部受刑囚は収容者の世話をする衛生係を務め、刑務作業として独房の清掃や配膳、散髪などの仕事を任されており、事件はその作業中に起こりました。殺害されたのは、二〇〇七年の連続強盗殺人事件の主犯である辻森正之死刑確定囚であり、織部受刑囚は警察の取調べに対し、「散髪中、髪型にケチを付けられて喧嘩になり、かっとなってハサミで何度も刺してしまった」と供述しているとのことです』

立ち眩《くら》みのような激しい揺れを覚え、小津はその場に倒れ込んだ。

目を開け、飛び起きる。小津はまたもやベッドの上にいた。

「……これも夢かよ」

どうやら夢の中で夢を見ていたようだ。寝覚めは最悪だが、夢でよかったと思うほかない。小津は胸を撫で下ろした。

それにしても、朝っぱらから嫌な気分だ。今から本人に会いに行くというのに、幸先が悪い。


小津は急いで支度を済ませ、本庁には寄らずに拘置所へと直行した。面会の話はすでに通してある。椅子に腰を下ろし、相手を待った。

面会室に現れた織部は、小津の顔を見るや否や「また来たんですか」と苦笑を見せた。

「確定死刑囚捜査班っていうのは、そんなに暇なんですか」

「まあ、暇っちゃ暇かな」

「こんなところでサボってないで、真面目に仕事してください。税金の無駄遣いだって叩かれますよ」

「いや、これも仕事だ。今日はお前と腹割って話そうと思って」

同席している職員に目配せすると、相手は小さく頷いた。そのまま静かに部屋を出て行く。

「いいんですか、見張りがいなくて」織部が尋ねた。

「所長に許可取った」

「手回しがいいんですね」

「ここには俺とお前しかいない。他に誰も聞いてない。録音もしていない。……だから、正直に話してくれ」

小津は一枚の写真を取り出し、

「桜井唯《さくらいゆい》さん」

アクリル板越しに織部に見せた。二十代半ばの女性が友人と一緒に写っている、古い写真だ。

それを見た瞬間、織部の表情が明らかに強張った。

「施設育ちで身寄りもないし、仕事も派遣社員だったから、写真を手に入れるのに苦労したよ。行方不明になっても、誰も届を出さなかったしな」

黙り込む織部に、小津は語りかけた。

「お前だけだよ。お前だけが、彼女の失踪に気付いてた。あの遺体が彼女だってことにも」

最初にこの面会室で彼と会ったときから、違和感があった。織部があまりにも元気そうだったから。人を殺しているのに、どうしてそんなに変わってないんだ、もっと申し訳なさそうに生きろよと、小津は勝手に失望を覚えた。それくらい、織部の瞳には強い光が宿っていた。

それも当然だ。罪を犯し、塀の中に閉じ込められたところで、人生に絶望なんてするはずがない。この男は、自らの意志でこの場所に入ったのだから。

数秒置いてから、織部は重い口を開いた。「よく調べましたね」

「部下が優秀なんだ」一笑し、尋ねる。「あの指輪は、お前が彼女に贈ったものなんだろう？」

「安物ですけどね。彼女と旅行に行ったとき、商店街で売られていて。何となく買ってあげたら、すごく喜んでくれました。『婚約指輪だね』って。俺はちゃんとしたものを贈りたかったけど、これで十分だって」

それからはずっと肌身離さず着けていてくれたと、織部は懐かしそうに語る。

「お前がしたことは、彼女を無縁仏にするだけの価値のあることなのか？」

責めるような口調で告げると、織部は鼻で嗤った。「人間、死んでしまったら終わりですよ。死者に未来はない。過去しかないんです」

「俺が毎日カミさんの仏壇に手を合わせてるのは、無駄ってか」

「そういう価値観は人それぞれですから、否定はしません」

「そうかい」

当時を振り返りながら、今度は織部が責めるように告げる。「小津さんも、おかしいと思ってたでしょ？　星野のあの事件。前の二件の被害者は女子高生だったのに、三件目だけが違った。手口が似ていたから連続殺人だと決めつけられてたけど、星野はセーラー服に興奮する変態だった。明らかに犯人の好みから外れてる」

彼の言う通りだ。たしかに不可解だった。

だが、上の連中も解決を急《せ》かしていて、帳場を仕切る管理職も焦っていた。数か月に亘《わた》る過酷な捜査が続き、現場の人間も疲弊していた。あのときの帳場には、どこか反対意見を言い出せないような空気が漂っていた。

「仮にそこで俺らが、真犯人が他にいると主張していたって、どうせ同一犯の犯行だと片付けられてたよ」

言い訳に過ぎないことはわかっている。結局、自分は見て見ぬふりをしてしまったのだ。あのときの、妻の病気と同じように。

「警察を辞めたのは、自分で捜査するためか」

「というより、逆ですね。親父が死んで、警察を辞めたことで踏ん切りがついたんです。自由になったというか」

「たとえ犯罪者になっても、迷惑をかける身内がいないからな」

「ええ」

織部は理容師免許を取るために学校に通いながら、単独で調査を開始した。元警官の佐多については「意外と気の弱い男で、ちょっと脅せば喋ってくれましたよ」と語った。

「それで、菅沼が偽証させていたことを知って、拉致した」

「そうです。全部吐いてくれました。辻森に呼び出されて、唯の死体の処理を手伝ったと。佐多から星野事件の詳細を聞いていたそうです。死体は燃やされて遺棄されていたという、犯人と捜査関係者しか知り得ない情報を。その手口を真似して遺棄すれば、星野に罪をなすりつけることができると考えた」

不意に、織部の顔が歪んだ。

「菅沼からすべて聞きましたよ、辻森のこと。あの日、警察に呼び出されて取調べを受けたとき、辻森は思ったそうです。そろそろ捕まってしまうかもしれない、だったら捕まる前に女を犯しておきたい、って。取調べが終わって庁舎を出た辻森は、ちょうど近くにいた唯に目を付けた。……唯は、俺の着替えを届けに来た帰りだったんです。辻森は唯の家まで尾行して、宅配業者を装って家に押し入って、強姦して、殺した」織部が唇を噛みしめた。震える声で言葉を紡ぐ。「取材のふりして、辻森の母親に会いに行きました。驚きましたよ。俺が唯にあげた腕時計を、あの母親が持っていたんですから。あいつは唯を強姦して殺した挙句、財布の中の現金を盗んで、所持品まで奪ったんです。信じられます？」

織部は涙を流していた。

「……殺すしかないでしょう、あんな奴」

服の袖で擦《こす》るように目元を拭うその痛々しい姿を、小津は直視することができなかった。

「どうやったら、塀の中で守られているあいつを殺せるか、考えました。刑務官になることも考えた。だけど、刑務所、拘置所、医療刑務所、少年刑務所、拘置支所——配属先は多いですから、当たりを引ける確率は低い」

「だから、こうして殺人犯として捕まることにしたのか。菅沼の死体をわざと見つかる場所に遺棄して」

「そうです。その方が辻森に会える可能性が高いでしょう。上手くいけば、ここで働かせてもらえますからね」

織部の口から語られる真相は、あらかた予想していた通りのものだった。

ふと思う。自分はどちらを望んでいたのだろうかと。誤って人を撥ねてしまい、それを隠蔽するために人を殺してしまった織部。婚約者の復讐のために、自らの強い意志で殺人を決行した織部。どちらの方が許せただろうか。

後悔してもしきれない。俺があのとき動いていれば。違和感を無視せず、事件と向き合っていれば。織部の様子がおかしいことに気付いていれば。どこかで食い止めることができていれば、彼を殺人犯にしなくて済んだというのに。

「――小津さんは」涙を拭きながら織部が尋ねた。「止めに来たんでしょう、俺を」

そうだ、と頷く。ここに来たのはそのためだ。これ以上、昔の相棒に罪を犯してほしくはなかった。

「どうするんです？　このことを所長に告げ口して、俺を隔離しますか？　殺人に手を染めて、人生をすべて棒に振って、やっとここまで来たのに、小津さんはそれを台無しにするんですか？」

頼むからやめてくれと頭を下げるつもりだった。

だが、先に頭を下げたのは織部の方だった。

「お願いします、小津さん。お願いですから……もう俺のことは、放っておいてください」

懇願する彼の悲痛な声色に、胸が締め付けられる思いだった。

だが、このまま罪を重ねようとしている男を、見過ごすわけにはいかない。

「無理だよ、織部」

「お願いだから、邪魔しないでください」

「無理だ、できない」

「あいつを殺せなかったら……俺、自殺しますよ」

「それは卑怯じゃないか」

「自殺防止用の独房に移しても無駄です。舌を噛み切って死にますから」

織部が引かないことはわかりきっていた。昔の相棒に説得されたくらいで諦める程度の覚悟ならば、最初から殺人なんて犯していないはずだ。

「……織部」

頼む、と頭を下げる。

「俺を信じて、少しだけ待っててくれないか」

そこで面会時間が終わった。立ち去る織部の背中に向かって、「待っててくれ」と繰り返す。織部は振り返らなかった。

重苦しい時間だった。拘置所を出て、車へと戻る。自然と溜息が漏れた。運転席に乗り込んだところで、小津は電話を掛けた。

『どうでした、織部との面会は』

碓氷の声が返ってきた。

「辻森を殺せないなら自殺するってさ」

『でしょうね』

「なあ、碓氷。頼みがある」小津は切り出した。「こんなことをお前に頼むのは、最低だってわかってるが……どうしても、お前の力を借りたいんだ」

すまない、と謝罪する。

電話の向こうで碓氷が微笑むのがわかった。

『こういうときに使わなくて、いつ使うっていうんですか』


――死刑は，刑事施設内において，絞首して執行する。

死刑の方法について明記されているのは、刑法第十一条のこの一文のみである。意外なことに、誰が行うか、何名で行うか等、具体的な条件は法律ではっきりと定められてはいない。

織部と面会した三か月後、辻森正之確定囚の死刑執行が決定した。

再審請求が棄却されたタイミングを見計らい、法務大臣が死刑執行命令書にサインをしたのが三日前。刑の執行日は、奇しくも十七年前に彼が逮捕された頃と同じ、暑い夏の日だった。

小津は拘置所長の許可を得て、辻森の死刑執行に立ち会った。

その日の朝、迎えがきたことを知った辻森は酷く暴れていた。数人がかりで抑え込み、なんとかエレベーターに乗せ、刑場へと連れ出した。前室では赤子のように大声で号泣し、用意された物を食べることもままならなかった。

窓を挟んだ向こう側に刑場が見える。隣には執行ボタンの並ぶ小部屋がある。三人の刑務官の代わりにその部屋へと入っていったのは、織部だった。

ここ最近、拘置所内でコロナウイルスが蔓延《まんえん》し、感染者が急増している。欠勤する刑務官も多く、人手が足りなくなってしまったため急遽《きゅうきょ》、衛生係の一人である織部保が今回の死刑執行の手伝いをすることになった。織部は刑務作業の一環として、刑務官に代わって執行ボタンを押す。――建前上はそういう話になっている。

上層部の説得に三か月を要した。碓氷グループのコネと権力がなければ実現しなかっただろう。事を荒立てたくないという警察の隠蔽体質も一役買った結果だった。その間、待っててほしいという小津の言葉を、織部は守ってくれた。

辻森の首に縄が掛けられた。

執行の準備が整い、合図が送られる。

織部がボタンを押した。

足元の踏板が外れ、辻森の体が勢いよく落下する。

その光景を、織部は見ていた。死にゆく男の姿を目に焼き付けるかのように。痙攣する肉体から一瞬たりとも視線を逸らさなかった。

五分が経過し、縄が外された。立ち合いの医師による死亡確認が行われている。

織部の役目は終わった。刑務官に連れられて独房へと戻っていく。

そのとき、彼の視線が一瞬だけ、小津のいる方に向けられた。軽く頭を下げたその瞳には、以前のような光はなかった。

――これでよかったんだよな、織部。

ガラス越しに小津は呟いた。

出所したら、今度こそ一緒に寿司でも食べに行けたらいい。昔のように二人で肩を並べて酒を飲めたらいい。

けれど、それはもう叶わない願いなのかもしれない。

運び出される死刑囚の遺体に背を向け、小津は刑場を後にした。

辻森確定囚の死刑を見届けたその足で本庁に戻り、小津は刑事部長室を訪ねた。事の一部始終を報告したところ、香月部長は神妙な面持ちで溜息を吐いた。「それはよかった、と言っていいものかわからないけど……これで、少しは織部君が前を向いてくれるといいね」

小津もそう願っている。とはいえ、そう簡単ではないこともわかってはいる。

辻森は死んだ。当初の計画とは違えど、引導を渡したのは織部本人だ。しかしながら、事件に終わりはない。織部の悲しみはこれからも永遠に続くだろう。たとえ殺したいほど憎い男がこの世を去ったとしても、自らの手で殺すことができたとしても、抱えている憎しみが潰えるわけでないはずだ。

織部はどうなってしまうのだろうか、と思う。憎しみを糧に生きてきた人間は、それをぶつける対象が消えてしまった瞬間、どんな風になってしまうのだろうかと。織部がどのように折り合いをつけていくのか、気がかりだった。

異動してからというもの、織部のことばかり考えている気がする。小津は向かい側のソファに座る香月を睨みつけた。「真知子、お前もしかして……俺が織部について調べ直すのを予想して、確捜に送り込んだ?」

香月は笑い飛ばした。「さすがにそこまでは予想できないよ。……ただ、いいきっかけになればいいな、とは思ってたけどね。勇さんにもう一度、刑事になってほしかったから」

自分の刑事人生はとっくに終わったものだと思っていた。警察官としてやれることは、もう何も残されていないだろうと。だが、今の自分だからこそ、この歳だからこそ果たせる役目があるのだと、彼女のおかげで知ることができた。

小津は微笑み、礼を告げた。「ありがとね、真知子ちゃん」

嫌だの辞めたいだのとぼやいていたくせになと、この刑事部長室で愚痴を零した日を振り返る。あのときは、無駄な仕事だと嘆いていた。確捜がやっていることは何の意味も意義もない、不必要な作業でしかないと。

「最初の頃は、辞めたくてしょうがなかったけどさ。……まあ今は、悪くない仕事だと思ってるよ」

何年、何十年と時が経っても、事件は続く。簡単には終わらせることのできないものだが、それでも、どこかで区切りを付けなければならないときがある。その一つの終わりをもたらす存在こそが確定死刑囚捜査班ではないかと、小津は考えている。

「チームのみんなとはどう？　うまくやれてる？」香月がからかうように尋ねた。居酒屋で彼女に助言を乞うた日のことが懐かしい。

「どうもこうもないよ」

小津は口を尖らせた。

「みんな不真面目だし、すぐキレるし、気分屋だし、年上舐めてるし」指折り数えながら文句を連ねた後で、目尻に皺を寄せて笑う。「可愛い奴ばっかりだよ」

そのときだった。デスクの上の内線電話が鳴った。受話器を手に取り、耳に当てた香月の顔が徐々に険しくなっていく。いい知らせではなさそうだ。

「小津警部」受話器を置いた香月が低い声で告げた。「あなたの部下が組対の捜査員と揉め事を起こしたそうです」

「えぇ……また柏木か」

「いえ、碓氷です」

「そっちかい」

急いでエレベーターに乗り込み、地下のオフィスへと戻る。部屋の中には全員が揃っていた。肝心の碓氷は、まるで動物園の猛獣のように辺りをぐるぐると歩き回っている。汚い言葉を吐き散らしながら。見るからに不機嫌だ。

小津が「なにやらかしてくれてんの」と溜息交じりに叱ると、碓氷はむすっとした顔で反論した。

「倉橋警部が因縁付けてきたから、言い返しただけです」

「なんて言われた？」

—『お前みたいな気の強い女は嫁の貰い手がないだろぉ』」碓氷が倉橋の口調を真似しながら答えた。「はあ？　私を誰だと思ってんだ？　その気になれば婿《むこ》集めてハーレム作れるわボケ」

たしかに、碓氷財閥に婿入りしたい男なんて腐るほどいるだろうが。

「お嬢様、お言葉が……」

「だいたい、嫁の貰い手ってなに？　時代錯誤過ぎるでしょ。そういうお前だって独身の癖に。ほんっとムカつくあのクソ男」

怒りに任せてスチール机を拳で殴っている碓氷を、碓捜班の面子は愉《たの》しげに眺めている。誰か止めなさいよ、と小津が周囲に声を掛けたところで、被せるように碓氷が言葉を発した。「ムシャクシャしてるんで、今日みんなで飲みに行きません？　小津さんの奢りで」

「なんでよ、お前の方がお金持ちでしょうが」

「僕、肉の気分だなぁ」

「お前の気分なんか知らん」

柏木と横田も「いいですね」「ゴチっす」と嬉々として同意し、覆せない流れになってしまった。こうなっては仕方がない。たしかこの近くに美味《うま》くて安い焼き肉屋があったよな、と記憶を手繰る。

だが、その前に働かなければ。事件に一つの区切りをもたらすために。

「はいはい、わかったから。仕事するよ」小津は手を叩いて話を切り替えた。「次に調べる事件だけど、平成に起こった幼女の連続誘拐で――」

参考文献

『ルポ死刑　法務省がひた隠す極刑のリアル』著：佐藤大介、幻冬舎、二〇二一年
『誰も知らない死刑の舞台裏』著：近藤昭二、二見書房、二〇一八年
『死刑絶対肯定論　無期懲役囚の主張』著：美達大和、新潮社、二〇一〇年
『絞首刑』著：青木理、講談社、二〇一二年
『元刑務官が明かす死刑のすべて』著：坂本敏夫、文藝春秋、二〇〇六年
『平成監獄面会記』著：片岡健、笠倉出版社、二〇一九年
『昭和・平成　日本の凶悪犯罪１００』著：別冊宝島編集部、宝島社、二〇一七年
『日本の確定死刑囚』著：鉄人ノンフィクション編集部、鉄人社、二〇〇二年
『図解　刑務所のカラクリ』著：坪山鉄兆、彩図社、二〇〇九年
『桶川ストーカー殺人事件　実行犯の告白』著：久保田祥史、片岡健、ＫＡＴＡＯＫＡ、二〇一九年

の物語はフィクションです。作中に同一の名称があった場合でも、
する人物、団体等とは一切関係ありません。

島社
文庫

ンエンド
定死刑囚捜査班
んえんど　かくていしけいしゅうそうさはん)

024年6月19日　第1刷発行

著　者　木崎ちあき
発行人　関川 誠
発行所　株式会社 宝島社
〒102-8388　東京都千代田区一番町25番地
電話：営業 03(3234)4621 ／編集 03(3239)0599
https://tkj.jp

印刷・製本　中央精版印刷株式会社

ISBN 978-4-299-05124-0